『痴人の愛』を歩く

樫原辰郎

白水社

プロローグ

谷崎潤一郎の『痴人の愛』は不思議な小説だ。僕がこの作品を初めて読んだのは、二十歳《はたち》を少し過ぎた頃で、何よりもまず、とにかく面白い小説として読みふけった。ただ、読み終えた後で、なんだか喉の奥に魚の骨が引っかかったような違和感を感じたのを覚えている。それが何なのか当時はわからなかった。何となく、詐欺師に上手く騙されたような感じがしたのだ。そしてそれはいつまで経っても消えなかった。

明治、大正、昭和とずっと第一線にいて活躍した作家だから、読むものはいくらでもあった。そこから他の小説も読んだ。そして気がついたのは、彼の作風がある時期から大きく変貌していることだった。ある種の奔放な女性像であるとか、何ものかに執着する男性像であるとか、そういった主題は一貫しているようにも見えるけれど、ある時期からかなり複雑というか重層的で妙にややこしくなる。

一つには文章技術の向上もあるだろう。実際、後期の『春琴抄』などは日本語の一つの到達地点であって、彼にしか書きえないようなアクロバティックな文章だ。だが、ややこしいのは文章だけではなく、小説の構造というか造りそのものが、ある時期以降はかなり複雑な代物になっている。

ある程度、作品を読み漁った時点で、僕が初めて読んで魅了された作品、『痴人の愛』が、どうやら彼のキャリアの中でも重要なターニングポイントにあるらしいことに気がついた。そもそも、初期作品は短篇を得意とする作家で、割とシンプルなものが多い。そして、その時期に彼が書こうとした長篇はいずれも未完に終わっている。まさにある時期に、短篇作家から、長篇もしくは中篇を得意とする作家に変身した。僕はその頃、どこに発表するというあてもないままに、『痴人の愛』論を書きかけていた。その時点でのタイトルは「狸の実在に関する考察」というもので、主人公＝語り手の河合譲治が、なかなかの食わせ者であるらしいことを主題にしていたのだけれど、この文章は途中で行き詰まり、その時使っていたワープロも残ってはいない。

それから二〇年余の時間が過ぎた。その間『痴人の愛』は、ずっと僕の頭の片隅にへばりついていたらしい。その間、僕は書きそびれた『痴人の愛』論を放置したままダラダラと生きて、気がついたら脚本家、映画監督になっていた。人生というのは不思議なもので、この映画というメディアのおかげで、僕は再び『痴人の愛』という謎めいた小説に向かい合うことになったのだった。

プロローグ

久しぶりに『痴人の愛』を読み返し、谷崎が九〇年ほど前に書いたこの小説に誘われるままに、作品の舞台となった土地をうろうろと歩き、古い資料を読み漁り、インターネットの大海を徘徊して一つの答えにたどり着いた。

目次

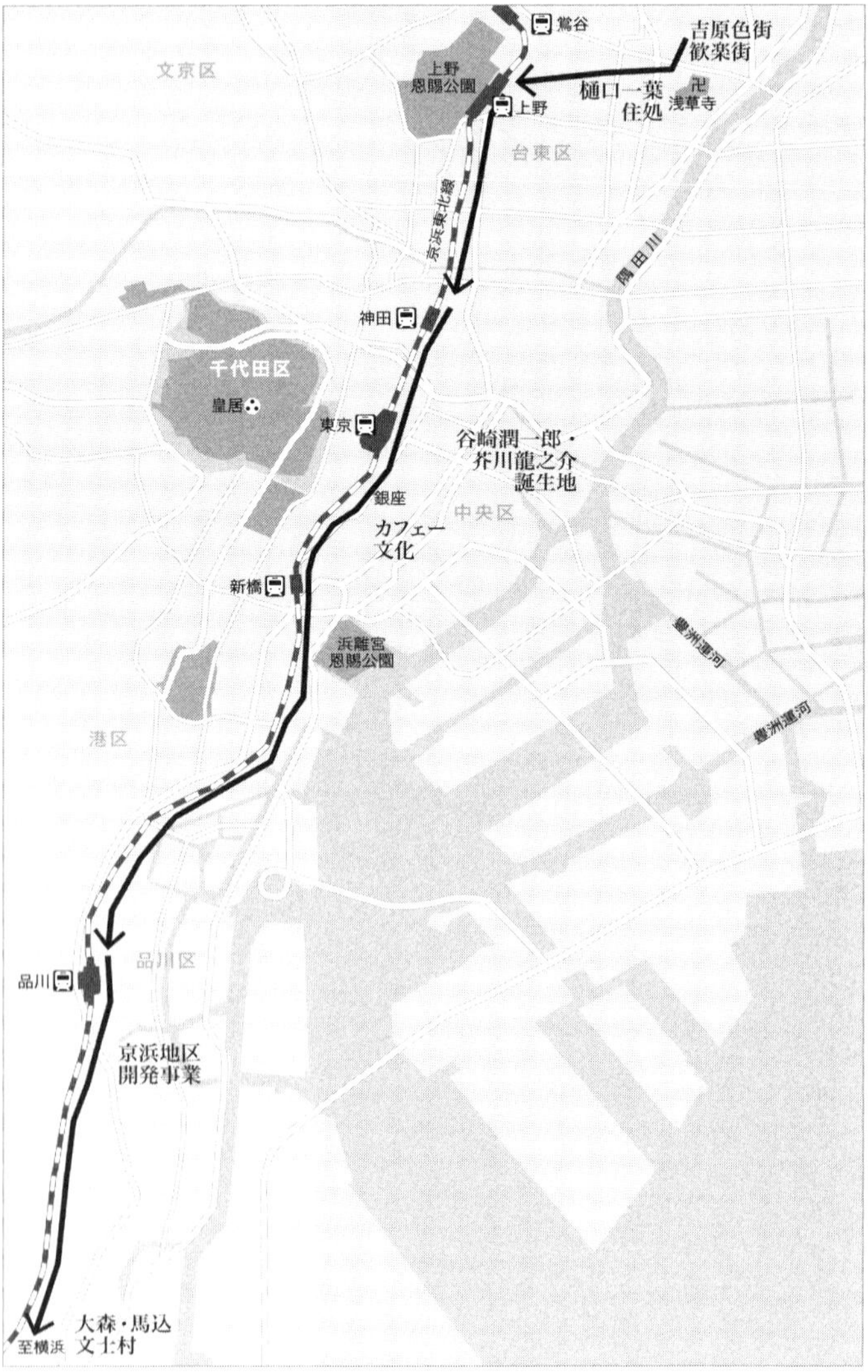
鶯谷
吉原色街
歓楽街
文京区
上野
恩賜公園
樋口一葉
住処
浅草寺
上野
台東区
京浜東北線
隅田川
神田
千代田区
皇居
東京
谷崎潤一郎・
芥川龍之介
誕生地
銀座
中央区
カフェー
文化
新橋
浜離宮
恩賜公園
豊洲運河
豊洲運河
港区
品川区
品川
京浜地区
開発事業
大森・馬込
文士村
至横浜

『痴人の愛』を歩く

一　ふりだしは浅草

平成二四年の一〇月、浅草六区にあった五つの映画館が閉館した。先だっての九月に成人映画を三本立てで上映していた「浅草世界館」と「浅草シネマ」のある浅草中劇会館が閉鎖され、一〇月には、古い邦画を三本立てで上映する「浅草名画座」と「浅草新劇場」そして洋画二本立ての「浅草中映劇場」のある浅草新劇会館が閉館。どちらも八〇年前後の歴史のある建築物だったが、営業終了後まもなく取り壊され、更地になった跡、現在は「浅草六区再生プロジェクト」の名の下、新たな商業施設を建築するための工事が進められている。

浅草六区は、明治三六年の一〇月に日本初の映画専門の劇場、電氣館が作られた場所である。明治二八年にフランスで発明された映画＝活動写真は、その翌々年には日本に輸入されており、興行も始まっていたが、電氣館ができるまでは、フィルムと映写機を興行師が持ち運んでの巡回興行がメインだった。つまり、創世記の映画というのは旅芸人のような存在だった。それが、電氣館のような常設の

昭和初期の浅草映画街

上映館を得ることで、現在のような興行形態に変化したわけだ。以来、浅草は大正昭和を通じて映画のある繁華街として栄え、最盛期には三〇を超える数の映画館があったといわれるが、戦後の高度成長期に映画産業の斜陽が始まり、じわじわと数を減らして、最後に残った五つもついに閉館。浅草は百と九年ぶりに映画館のない町になった。

僕が故郷の大阪から東京にやって来たのが平成一〇年のことで、その頃すでに東京の名画座は減りつつあったけれど、個性的なプログラムのオールナイト興行で知られていた浅草東宝もまだ健在だったから、古い映画を見るために浅草にはちょくちょく通っていた。その、浅草から映画館がなくなるということで、久しぶりに浅草に足を運んだ。

浅草東宝は平成一八年に閉館しており、その辺りから浅草に来ることがメッキリ減っていた。調布にある東映の現像所や、砧《きぬた》の東宝のスタジオなど、映画関係の施設が東京の西の方に多くあることから、東京の映画関係者は新宿より西に住む人が多い。僕自身も世田谷に八年、杉並に六年という風に過ごして、浅草にはたまにしか来なくなっていた。

気がつけば、浅草六区の景色も変わっていた。昔は何軒かあった露天の磯辺焼き売りの姿がない。たかだか十数年しか東京を知らないが、風景はどんどん変わってゆく。

映画を観た後で、久しぶりの浅草を歩いた。六区は道の幅がやたら広くて、磯辺焼きの屋台こそなくなったけれど、ちょっと時代に取り残されつつもまだ現役の繁華街という趣が残っている。人通りはさほど多くないものの、外国からの観光客を乗せた人力車がゆっくりと走って行く。この、どこか作り物めいた景色が微笑ましい。同じような歴史を背負った大阪の古い繁華街、新世界に少し似ているのも、僕が浅草を好きな理由だった。新世界にも昔はたくさんの映画館があったのだ。

映画館の並びにはストリップで有名な浅草ロック座があり、その向こうには浅草演芸ホールがある。浅草のストリップ小屋と演芸場といえば、若き日の北野武やコント55号が芸を磨いた場所として知られている。ストリップは戦後の文化だけれど、映画館と演芸場は戦前から六区には山ほどあったはずだ。そういえば、世界館の斜め前には、浅草東宝より少し前に閉館した浅草東映があったように思う。浅草東映があったはずの場所には、大きなパチンコ屋が建っていた。なるほど、パチンコと競馬、それが今の浅草ということか。

少し右に行くと、ひさご通りだ。「らあめん320えん」という看板が目に入って、僕はひさご通りに足を踏み入れた。ここは花やしきのすぐ横だけれど、アーケードの下に入ると、少し薄暗くて独特の雰囲気になる。入ったことはないけれど、通りの中ほどには牛鍋の老舗で百年の歴史があるという米久本店があって、少し先には江戸下町伝統工芸館がある。

ひさご通りは割と短くて、アーケードが途切れると、いきなり視界が大きく開けて言問通りにぶつかる。その向こうにはまた別の商店街が連なっているが、車の通れないひさご通りとは違い、車道を挟んだ広い通りの両脇にある商店街には、繁華街浅草とは違う生活臭が漂っていた。千束通りという、その名称は聞いたことがあった。

初めて歩く千束通りは、なんとも懐かしい町並みだった。店頭で鶏肉を焼いていたり、古ぼけた甘味屋やゲームセンター、昔風の雑貨屋が大きくなったような百貨店があるのがいい。

通りの両側を見ているうちに日が傾いてきた。アーケードもうすぐ途切れる。曲がり角の向こうに目をやると、ネオンサインがいくつか見える。

あっちの方にも店があるのか。飲み屋なりなんなりの食べ物屋だろうと思って、その方向に歩いて行くと……飲食店街ではなかった。

その近辺には飲食店もあったが、ネオンの主は特殊浴場、いわゆるソープランドだったのである。通りの左右にその手のお店がズラリと並んでおり、各々の店先には客引きと思しい黒スーツの男たちが立っている。鼻先を、黒塗りのタクシーが通り過ぎた。

浅草六区の、いわゆる繁華街からけっこう離れたところまで歩いたはずだったが、特殊浴場の群生に出くわすとは、まったく予想外の出来事だった。僕が歩いてきた千束通りは、昔ながらの商店街であり、あのネオンの一角以外にはごく普通の民家が並んでいる。

一体アレは何なのだ。歩く途中で思い当たった。おそらくアレが有名な吉原だ。江戸時代から続く、歴史のある遊郭のある地域で、第二次大戦後はいわゆる赤線地帯となり、戦後の売春防止法以降はソープランド街になったという……その程度の知識はあった。だが、東京に一〇年以上住んでいながら、有名な吉原という土地の場所を具体的に知らなかった。

吉原といえばあの人だ、と思いついてiPhoneを開き、青空文庫から『濹東綺譚《ぼくとうきたん》』をダウンロードしてみた。若い頃から好きで何度も読んだ小説だったが、なにしろ古い作品なので、現代の東京と比べて考えたことはなかった。この、永井荷風の代表作の冒頭の辺りで千束町という地名が出てくる。浅草公園で活動写真の看板を眺めていた語り手の「わたし」は、公園の外れから千束町に出たところで、客引きの男に声をかけられる。

†

「檀那、ご紹介しましょう。いかがです」という

「イヤありがとう。」と云って、わたくしは、少し歩調を早めると、

「絶好のチャンスですぜ。猟奇的ですぜ。檀那。」と云って尾いて来る。

「いらない。吉原へ行くんだ。」

†

この作品の中で「浅草公園」と称されているのは、いわゆる浅草六区のことである。正式名称は「浅草公園六区」だ。荷風が健在で、吉原の娼婦をひやかしたりしていた頃はまだ、六区は浅草公園と呼ばれていたわけだ。そして、千束という土地は、浅草から吉原に行く際に通る場所だったらしい。浅草寺や花屋敷の辺りから、千束通りを通って吉原まで、歩いて十分程度だろうか、浅草の駅からだと大人の男の足でも一五分くらいはかかるだろう。

映画や小説の中でしか知らなかった色街を歩く。街の一角にソープランドが密集する景色には、いささか圧倒されたけれど、荷風が歩いた時代とは随分面変わりしていることだろう。

再び千束通りからひさご通りを抜けて浅草に戻る途中、今とはかなり違っていただろう往事の風景を想像する。そういえば、この度閉館する映画館の中で、最もひさご通り寄りの地下にある浅草世界館は成人映画館だった。いわゆるピンク映画と呼ばれる成人映画はビデオが普及する以前には非常に栄えた文化で、かつては町中にエロとグロを全面に押し出したポスターが貼られていたものだ。昔の映画館は悪所だったのである。

iPhoneのマップで周囲の地理を確認すると、吉原へは地下鉄の入谷駅や三ノ輪駅からも歩けるが、そんなには近くない。陸の孤島というほどではないが、最寄りの駅からはちょっと距離がある。だからこそ、さっき見た黒塗りのタクシーが利用されるのか。などと考えながら浅草駅近くまで戻ると、観光客を乗せた人力車が走っている。そうか、浅草にはこれがあったか。荷風の時代には、人力車で吉原に行く人もいたのだろう。昔は、船で吉原に通ったという話も聞く。

浅草を描いた小説というのは、おそらく無数にあって、有名どころでは川端康成の『浅草紅團』という傑作があり、ちょっと渋いところでは高見順の『いかなる星の下《もと》に』もあった。個人的には色川武大の短篇に描かれる浅草の芸人ものが好きで、むさぼるように読んできた。ただまあ、吉原にせよ浅草にせよ、どこか歴史の中の一ページとしてしか認識していなかったのである。

二　ひょうたん池から色街へ

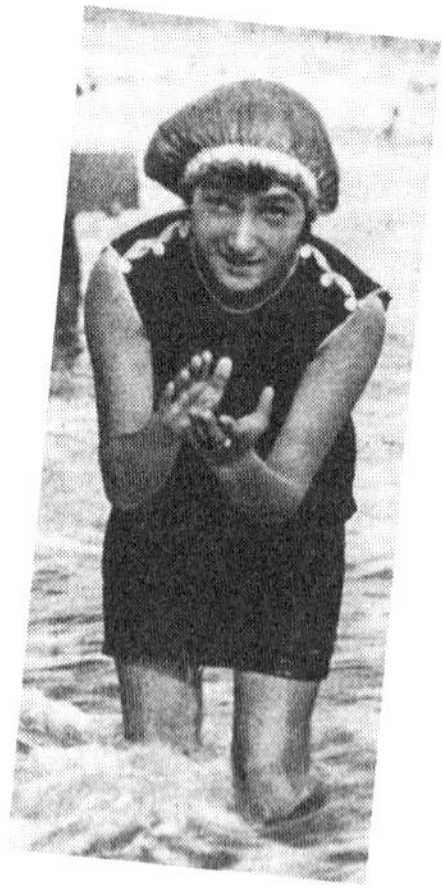
葉山三千子

ちょっと理由があって、古い日本映画のことをネットで調べている途中、谷崎潤一郎がシナリオを書いたという映画のモノクロ写真を見つけた。映画の一場面と思しき、その写真の中で、昔風の水着を着た若い女が、こちらを向いて笑っている。その写真自体は、以前にも何かの本で見たことがある。映画のタイトルは『アマチュア倶楽部』、谷崎が脚本、監督はトーマス栗原、残念なことにフィルムは現存していない。写真の女は、主演の葉山三千子である。

葉山三千子、本名は小林せい子。『痴人の愛』のナオミのモデルと言われた女性ではないか。人生で三度結婚した谷崎の、最初の奥さんの妹である。ナオミは確か、外国の女優に似た風貌だという設定ではなかったか。写真の女性は、確かに明治の生まれにしてはバタ臭い顔をしているようだ。

その写真を見つめているうちに、若い頃に読んだ『痴人の愛』のことが、色々と思い出されてきた。『痴人の愛』は新潮文庫と中公文庫から発売されており、Kindleでも読むことができる。永遠のベストセラーだ。この小説の中で、語り手の河合譲治は、浅草のカフェで女給をしていたナオミという少女に目をつけ自分の元に引き取る。つまり『痴人の愛』は浅草から始まる小説なのだ。

とにかくその時分、彼女は浅草の雷門の近くにあるカフエエ・ダイアモンドと云う店の、給仕女をしていたのです。彼女の歳はやっと数え歳の十五でした。（『痴人の愛』一）

『痴人の愛』は、愚鈍な男の一人称で書かれているのだけれど、その語り口があまりにも滑らかなので、語り手の河合譲治はそんなに愚鈍には見えないのだ。むしろ狡猾な男にすら見える。読み進めるうちに千束町という文字が目に入って、ページをめくる手が止まった。

花屋敷の前まで来ると、きっとナオミは「左様なら」と云い捨てながら、千束町の横丁の方へバタバタ駆け込んでしまうのでした。（『痴人の愛』二）

ナオミの実家は千束町だったのか。頭の中で、この間iPhoneで読み返した『濹東綺譚』と『痴人の愛』が地続きになった。そういえば、谷崎はそもそも、ごく初期の『刺青』などを永井荷風から絶賛されたことで世に出た作家ではなかったか。

浅草は、譲治とナオミが出会った場所だ。遊びに行く時も、待ち合わせも観音堂とかで、浅草公園、おそらくは六区にたくさんあったという映画館で活動写真を見て、そのあたりで食事をし、そして二人は、花屋敷の角で別れて、ナオミは千束町の方へと帰ってゆく。

譲治はあくまで自分を堅物のように描いているが、浅草にたびたび足を運んでいて、盛り場としての浅草には詳しい。まあ、そうでなければカフェの女給に目をつけたりするわけもないが、ともあれ譲治は浅草の歩き方はよく知っている。そんな彼が、浅草の外れの千束町の横丁の先に、何があるのか知らないはずがない。

『痴人の愛』は、関東大震災をきっかけとして関西に移住した谷崎が、震災の翌年に「大阪朝日新聞」に連載した小説で、その煽情的な内容から話題を呼び、内務省の検閲による警告を受けて一旦中断、残りの部分は「女性」という雑誌に連載されて、完結したその年のうちに東京の改造社から単行本が出ている。当時これを読んだ読者のうち、東京の地理や風俗に通じている人ならば、千束町という地名からいくばくかのエロティックなニュアンスを嗅ぎとっていたはずだ。

『痴人の愛』を読み返しながら、あることを思い出した。およそ三十年くらい前、角川書店が文庫サイズの分厚い雑誌を出していた。「月刊小説王」という、ケレン味のある名称の雑誌で、荒俣宏の『帝都物語』や羽山信樹の『流され者』、久保田二郎の『鎌倉幕府のビッグウェンズデー』、山川惣治の『十三妹』など魅力的な作品が連載されていたから、創刊号から毎月買っていたのだ。なかなか奇天烈なラインナップだったわけだが、そんな中に上村一夫の『菊坂ホテル』という漫画が連載されていた。小説王を名乗りながら、漫画も載せていたのだ。

上村一夫の『菊坂ホテル』は——日本文学に詳しい人なら知っていると思うけれども——東京の本郷に実在した菊富士ホテルを舞台にした作品で、これがとても面白い作品だった。

二　ひょうたん池から色街へ

菊富士ホテルに関しては近藤富枝によって『本郷菊富士ホテル』という労作が書かれており、上村もこの本をかなり参考にしながら、虚実を交えたフィクションを作り上げている。

菊坂ホテルは、今で言うホテルと違って、実質的には賃貸アパートという感じで、主人公は経営者の若い娘、八重子だ。ただ彼女は、それほど大きな活躍をしない。ホテルでは様々な事件が起きるが、その度に八重子と行動を共にするのは、ホテルにずっと滞在している作家、谷崎潤一郎だ。つまり、谷崎をほぼ主人公に据えた珍しい作品なのだ。

準主役格で登場するのが美人画の描き手として知られる竹久夢二。彼のモデルであり、一時は妻だったお葉さんも当然出てきて夢二と痴話げんかを繰り広げる。

谷崎と夢二が、この作品で描かれているほど親しかったという記録はないけれど、今東光の証言によると両者が同じ時期に菊富士ホテルに出入りしていたのは事実なので、読者にはどこまでが上村の創作なのかよくわからない、虚実の綯交ぜが絶妙な作品である。夢二の他にも、お葉さんをモデルにしていた責め絵の伊藤晴雨も登場するし、アナーキストとして有名な大杉栄も出てくる。後に谷崎から奥さんを譲られる佐藤春夫、「文藝春秋」を作る前の菊池寛、芥川龍之介……とまあ、有名人が順番に出てきてめっぽう面白い。その『菊坂ホテル』の中に、谷崎と八重子が浅草を訪れるエピソードがあった。浅草に十二階と呼ばれる、高い塔のような建物があって、その下に背中に刺青のある女が住んでおり、その女と谷崎は面識があって——というような話だったと思う。

その塔に関しては後に少し調べた。正しい名称は凌雲閣で一般には浅草十二階と呼ばれていた。高さ五二メートル、赤煉瓦で築かれた明治の高層タワーで、日本初の電気式エレベーターも設置されており、登れば東京の町が一望できたという。それが、関東大震災で崩壊したことは『菊坂ホテル』のなかでも語られている。いわば六本木ヒルズやスカイツリーのような存在だったが、その足元には魔窟が広がっていたという。凌雲閣から千束町にかけての地域は、銘酒屋街、つまり飲み屋を装いながら買春を行なう私娼窟となっており、当時は「十二階下の女」というと娼婦を意味したようである。『痴人の愛』の二人（譲治とナオミ）は、彼がナオミを送っていく途中で、その魔窟の近辺を通ったに違いない。そう考えると、もう一度浅草に行ってみたくなった。

午前中に家を出て、映画館のなくなった浅草に出かけた。浅草から、千束通りを抜けて吉原まで、日の高いうちに散策しようという算段である。まず初めに訪れるべきは、ナオミが働いていただろう「カフエエ・ダイヤモンド」だけれど、これはおそらく架空の店だろうし、もし仮にモデルとなった店があったとしてもそれが現存しているとは思えない。

地下鉄銀座線の浅草駅から地上に出て、とりあえず神谷バーに入った。僕が知っているお店では一番古いし、おそらく「カフエエ・ダイヤモンド」に一番近いのは神谷バーではないか。

神谷バーは創業明治四十五年、有名なお店なので河合譲治とナオミも、そしてもちろん谷崎自身もここには来たことがあるだろう。運ばれてきた電気ブランで唇を湿らせながら、大正時代のカフェーについて考えてみた。いわゆるカフェ――というのは、日本には明治の終わりに出現したのである。手本となったのは、フランスのパリにあったような、芸術家たちがコーヒーを飲むような、サロンのようなお洒落な店である。ただし、本場フランスのカフェの店員さんは男性＝ギャルソンで、女給はいなかったらしい。

ナオミが働いていたカフェーとは、どんな店だったのだろう。今の日本でカフェという場合、コーヒー、紅茶をメインとする喫茶店を意味する。アルコールはあまり置いていないし、あったとしても種類は少ない。ところが、明治、大正のカフェーは、今とは少々違ったようだ。

たとえば、明治四四年の八月一〇日に銀座尾張町角に開店した「カフェー・ライオン」は、今も「銀座ライオン」として残っている。昭和六年からは大日本麦酒（サッポロビール）の経営によるビヤホールとなって今に至るわけだが、築地精養軒の経営だった開店当時から「カフェー・ライオン」のメニューには麦酒があった。つまり、アルコールを出す店だったわけだ。

ライオンより少し早く、明治四四年の四月に「カフェー・プランタン」ができており、これが日本初のカフェーと言われている。経営者は洋画家の松山省三と平岡権八郎、店名を付けたのは劇作家の小山内薫だ。彼らの人脈から、集まってくるお客たちも画家や作家といった文化人ばかりだったらしい。当時の会員の中には、岸田劉生や森鷗外、永井荷風らとともに谷崎潤一郎の名前もある。まさに、フランスの文化的なカフェを再現しようとしていたのだろう。メニューはコーヒーと洋酒、それにソーセージなどの洋食だったという。やはりアルコールが飲める場所だったのだ。そしてここには女給がいた。

同じく明治四四年の一二月には、これまた銀座に「カフェー・パウリスタ」が開店している。銀座がいかに最先端の街だったかということである。パウリスタは、経営者がブラジル移民の、コーヒーを売るための店で、メニューもコーヒー中心だ。「銀座カフェーパウリスタ」は今も健在である。

同じ銀座のカフェーだけれども、プランタンは消失し、残ったライオンは今ではビヤホールであり、もう一つのパウリスタはコーヒーの美味しい喫茶店。この違いは何か？　ビヤホールも喫茶店も、明治になってからの文化である。カフェーはそれらより少し後でできた。ライオンとプランタンの違いを考えあわせてみると、当時のカフェーは、ビヤホールと喫茶店が、混交したような存在だったのだろう。そういえば、今はほとんど絶滅したけれど、明治以降の日本にはミルクホールなるものもあった。国民の健康、体格向上のために、明治の日本では牛乳を飲むのが奨励されたのだ。これを推進するために、明治天皇は自ら好んで牛乳を飲んだ。それで、東京のあちこちに牧場が開かれた。牧場が一番多かったのは、港区だというが、今の港区を歩いても牧場の名残りはまったくない。

外に出て、仲見世を歩くと凄い人である。この浅草仲見世通りというのは、浅草寺という名所旧跡の境内がそのまま土産物屋になっているわけで、めちゃくちゃ合理的というか、経済的にデザインされている。とにかく平日でも観光客が山のようにいる。外国人も多い。浅草寺の境内は『痴人の愛』の時代とそんなに変化はないだろう。六区の方に向かうと、こちらも人は多いけれどもまあ普通に歩ける。今はSEIYUなどもあるから、地元の人にとっては日常の生活空間だ。

かつて映画館のあった場所は、工事中で白いバリケードで覆われている。凌雲閣は、そこのすぐ北にあったはずだ。凌雲閣があった土地は、震災による崩壊の後、吉本興業が経営する劇場「昭和座」になり、その後「浅草東映」になったという。つまり、今現在はひさご通りの横にある大きなパチンコ屋のある場所だ。前に来た時は気が付かなかったのだけれど、件のパチンコ屋「サンシャインアサクサ」の正面入口横には「アサクサ凌雲閣記念碑」という立派なプレートが飾られている。それでは、ここが十二階のあった場所かというと、これがまた正確な情報ではないのだ。記念碑に刻まれている文章の冒頭を読むとよくわかる。

† 1890年（明治23年）11月27日。この地、台東区浅草二丁目14番5号辺りに浅草凌雲閣（通称：十二階）が完成。 †

この「辺り」という表現が曲者である。文章を読む限りでは、凌雲閣の場所を完全に特定できていないようにも思われる。手元には古本屋で入手した大正一〇年の復刻地図があった。

その地図によると、後の昭和座、浅草東映、現サンシャインアサクサのあった一帯は、四角い広場で中央付近に凌雲閣が建っていたのだ。現在、広場のあった土地の大半を広い敷地のサンシャインアサクサが占めており、その裏手には昔はなかった細い路地がある。地形そのものが変わってしまったので、凌雲閣のあった正確な場所を割り出すのが困難になっている。

ただ、地図を見ると、昔の広場のすぐ北側に牛鍋で有名な「米久」がある。さすが一〇〇年の歴史を誇る老舗である。震災や戦災を超えて、同じ場所での営業を続けているのだ。ちなみに、米久と並ぶ牛鍋の老舗といえば雷門の並びにある「ちんや」に、国際通り沿いの「今半」ということになるが、いずれも大正一〇年とほぼ同じ場所にある。入れ替わりの激しい繁華街浅草にあって、場所がほとんど変わっていないのは、神社仏閣と花屋敷、そして牛鍋屋ということになる。

その、米久との位置関係などを考慮しながら地形を確認する。どうやら、サンシャインアサクサの裏にある駐輪所と路地、さらには路地を挟んだ向かいの焼肉屋辺りが、凌雲閣の敷地だったようだ。今見ると、まことに寂しい景色である。

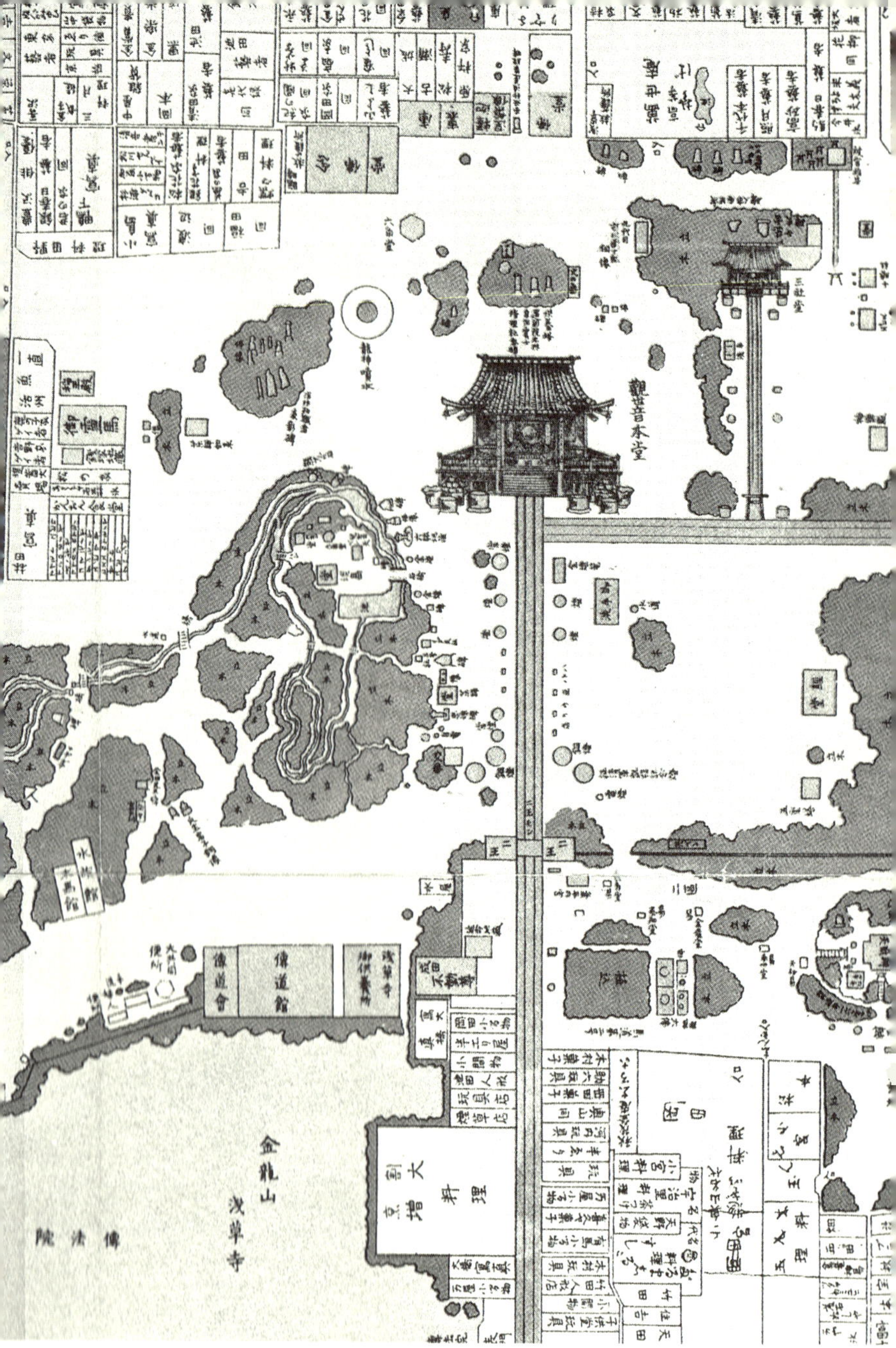

觀音本堂
傳道會
傳道館
金龍山
浅草寺
傳法院

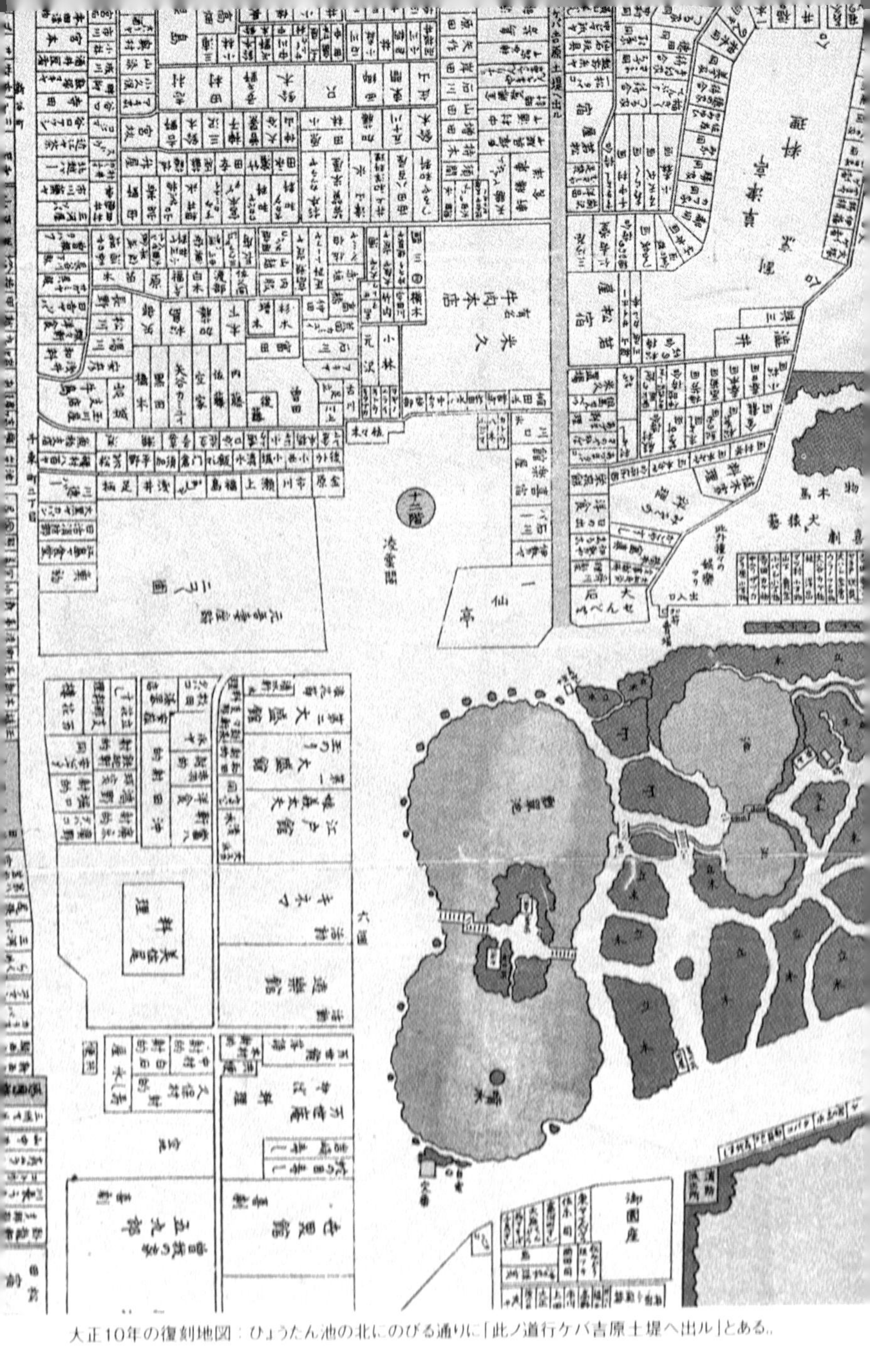

大正10年の復刻地図：ひょうたん池の北にのびる通りに「此ノ道行ケバ吉原土堤へ出ル」とある。

ともあれ、凌雲閣があったはずの場所に浅草十二階の面影はまったくない。もちろん、私娼窟とか女郎屋とか、そういう施設もない。この辺りにあるのは、何となく良さげな雰囲気の立ち飲み屋とかで、近くにあるＪＲＡの客と思しきおじさんたちが昼酒を嗜んでいる。

ひさご通りを十二階跡地とは逆方向の脇道に入ると、昭和風の怪しいラブホテルがあり、その並びには明らかにラブホテルとは違う風情の建物があって、そこからは外国のバックパッカーらしい男女がぞろぞろと出てきた。看板を見るとSAKURA HOSTELとある。なるほど、浅草に大勢いる外国人旅行客はこういうところに泊まっているのか。白人黒人アジア人の旅行者たちが楽しげに会話しているのを見て、ふと思った……河合譲治なら、オドオドしながらもこの中に入っていって、白人の女性に話しかけたりするんじゃなかろうか。奥手なように見えて、実はなかなかに大胆な彼ならば……。

人気の少ない路地に立って、カラーコピーした地図を拡げた。この間まで存在した浅草名画座や浅草世界館のあった場所は、昔と比べてもあまり地形は変わっていない。この場所には当時から劇場が並んでいたようで、地図によると、浅草世界館のあった場所が「第二大盛館 浪花節」で、次に「第一大盛館 玉のり」、そして「江戸館 娘義太夫」があって「活動 キネマ」そして「活動 遊楽館」とある。活動とあるのが映画館で、さらには浪花節専用の劇場、娘義太夫専用の劇場と、演目によって細分化していたわけか。しかし、玉のり専用の劇場があったというのは凄い。

細い道を挟んで今現在ロック座会館のある場所には、「万世館　落語」「万世庵　そば　料理」「岩崎寿し」に「蛇の目寿し」と並んで「世界館　喜劇」とあるが、これ舞台だろうか？　これと、その隣の「活動 大勝館」の場所には最近ドン・キホーテ浅草店ができた。その先は活動写真の小屋がズラリと並んでいる。

中劇会館、新劇会館の真正面、現在ウインズ浅草のある場所には、瓢簞池という巨大なひょうたん型の池があった。そのすぐ隣りの、今は建て替え工事中になっている浅草東宝会館のあった場所もまた、ひょうたん池だった。

明治六年に太政官布告があって、浅草寺の境内が「浅草公園」と命名された。ちなみに、公園というのは明治時代の産物である。江戸時代の日本には公園はなかった。つまり外国から輸入した概念なのだ。江戸時代にも、庶民にとっての公園のような場所はあったが、それは神社仏閣の境内などを、庶民の遊興の場として使っていたわけだ。浅草の浅草寺もまた、そういう場所だった。

その後、浅草寺の裏手にあった浅草田圃と呼ばれていた火除け池を埋め立て、新たな歓楽街が作られる。埋め立てに使う土を掘った場所には、ひょうたんの形をした池が作られた。これが明治一七年のことである。浅草六区の歴史はこの「ひょうたん池」の畔道として始まったのだ。

浅草寺公園全体が七つの区域に分けられたのもこの時。ちなみに、浅草寺の本殿である観音堂、二天門の辺りが一区で、仲見世が二区、浅草寺本堂と伝法院周辺が三区で、ひょうたん池付近が四区、花屋敷の辺りが五区、公園の東南部が七区だ。戦後は公園地ではなくなったため、この呼名は廃れたが、語呂が良かったからか、歓楽街として定着していたのか、六区だけは名称として残った。

地図を見返して、面白いことに気がついた。米久の玄関に面した通りに、ひさご通りという名前が書かれていない。ただ「此ノ道行ケバ吉原土堤へ出ル」と書いてある。

やはり、吉原への道でしたか。

今では実感できないが、この辺り一帯に売春地帯が広がっていたわけだ。現ひさご通りの中に、「喜楽館　宿屋」だとか「若松屋　宿」という文字が見えて、おそらくこれらがそういう施設だろう。吉原へと至る道は、すでに風俗街の一部だったわけだ。大盛館の裏手に、「射的」が何軒かあるのも怪しい。江戸時代の射的場には、矢取り女とか矢場女と呼ばれる女の人がいて、客をとっていたというのは歴史上の知識として知っている。他にも、屋号を名乗らぬ私娼窟もあったろう。ナオミを送っていく途中、二人はそういった怪しげな場所を通ったはずなのだ。

ちょうど、夕暮れ時の千束通りの角から覗くだけで、吉原のネオンがはっきりと見えたように。大正時代の女郎屋、それがどんな風景だったかを想像してみるが、これがよくわからない。今で言う風俗街のようなものだろうか。とはいえ、風俗街すらも今の日本からは減りつつある。『痴人の愛』の作中では、おそらく意図的に詳しく描かれていないものの、ナオミの実家もやはり水商売、ないしは風俗関係ではなかったか。本文では、ナオミも芸者になる予定だったのが、本人が乗り気でないので女給をさせていたのだと語られている。

芸者は芸を売る技術職であり、娼婦＝遊女とは一線を画す存在ではあるが、その芸者になる気がないとしたら、カフェーにいた頃のナオミを待っている未来は、おそらく娼婦だろう。当時の衛生面も鑑みると、体を売るというのは過酷で悲惨な商売で、若くして死ぬ者も少なくなかったらしい。苦界に沈む、などという表現があるのは、女郎・娼婦という職業がそれだけ過酷だったということだろう。

想像するに一五のナオミは、いずれは娼婦になるしかないような運命だったが、まだ幼いのでカフェーの女給で食いつないでいたのではないか。そこに河合譲治が登場したのだから、本人および家族にとっては予期せぬ足長おじさんの登場だったろう。兄弟も多かったようだから、口減らしにもなる。

†

私が彼等に持ちかけた相談と云うのは、折角当人も学問が好きだと云うし、あんな所に長く奉公させて置くのも惜しい児のように思うから、其方でお差支えがないのなら、どうか私に身柄を預けては下さるまいか。どうせ私も十分な事は出来まいけれど、女中が一人欲しいと思っていた際でもあるし、まあ台所や拭き掃除の用事くらいはして貰って、そのあい間に一と通りの教育はさせて上げますが、と、勿論私の境遇だのまだ独身であることなどをすっかり打ち明けて頼んで見ると、「そうして戴ければ誠に当人も仕合わせでして、……」と云うような、何だか張合いがなさ過ぎるくらいな挨拶でした。（『痴人の愛』二）

†

今とは価値観の違う時代だから、彼らを無責任という気にはなれないし、作中の描写はあくまで譲治の主観によるものなので、何らかのバイアスがかかっている可能性はある。

†

何でも母親の言葉に依ると、彼等はナオミを持て扱っていたらしいので、「実はこの児は芸者にする筈でございましたのを、拠んどころなくカフエエへやって置きましたもので」と、そんな口上でしたから、誰かが彼女を引き取って成人させてくれさえすれば、まあともかくも一と安心だと云うような次第だったのです。（『痴人の愛』三）

†

家族がナオミを持て余していたというのは気になる。彼らが計画していたように、ナオミが芸者になれば、それなりの収入が得られるようになり、家族にも潤いをもたらしただろう。それを考慮すると、譲治の申し出を聞いた時点で、ナオミの家族が譲治に金を要求する可能性はあったはずだ。もしかしたらナオミの母や兄は、ナオミの性格に何らかの問題があることを承知していて、厄介払いできるから、ナオミの身柄を譲治に譲ったのかもしれない。

千束通りを歩いているうちに吉原の入り口まで来てしまった。徒歩で通りすぎるくらいならなんてことはないだろうと思っていたのだが、どうやらソープランドというのは昼間から、いや早朝から営業しているお店もあるようで、店先には黒服の男たちが立っている。夜更けの新橋辺りのように、客引きに声をかけられるということはなかった。おそらく吉原には吉原のルールがあり、店先に立つ男たちもそのルールを守っていると思しい。町並みを観察するつもりだったけれど、どうにも落ち着かない。どこか一箇所で立ち止まってしまうと、その目の前にあるソープランドに入らなければいけなくなるような、そんな感じがする。

自分の中に、吉原・ソープランドという職種に対する、抜きがたい先入観があって、そこには幾ばくかの差別心が存在するのも自覚している。とはいえ、左右にソープランドが林立したその一帯には、普通の歩行者の姿が見当たらない。目に入るのは、いずれも各々の店の関係者、従業員らしき男性しかいない。この一帯を少しでも外れると、ごく普通の東京の住民たちが、歩いたり自転車に乗ったりしているのに、この一角には、そういった歩行者がいない。だから、町並みが異様に静かである。静かすぎるから、なんとなく雰囲気に気圧されてしまう。

ふと思う。もしもこんな場所を、譲治とナオミが歩いたとしたら……もちろん歩くだけだ。何をするわけでもない。ただ単に通り過ぎるだけ。だとしても、とんでもなく緊張するだろう。心臓の高鳴りが、横にいる一五歳の女の子に聞こえてしまうのではないかと、心配になるのではないか。今年で五〇になった僕のような男でも、そんなことを考えてしまうのだ。当時まだ二〇代だった河合譲治は、ナオミをつれて私娼窟のすぐ近くを歩きながら、少なからぬ心臓の高鳴りを覚えたに違いないと思う。もちろん、相手の一五歳は、何も気にしていないかもしれないけれど。突然、永井荷風の写真を思い出した。晩年の荷風が、ストリップ小屋のストリッパーたちに囲まれてにっこり笑っている有名な写真である。

そうか、アレくらいの年齢になると、よこしまな胸の高鳴りに悩まされることもなくなるのか。傑作『濹東綺譚』を書いた時、荷風はすでに六〇近かった。僕ももう少しお爺さんになれば、くだらないことに悩まされずに済むのだろうか。いやしかし、谷崎潤一郎の晩年はというと、あの『瘋癲老人日記』である。文学としては超一流だが、人として、悟りの境地には程遠い。

そんなことを考えているうちに、ソープランド密集地帯を通りすぎてしまった。興味深いのは、ソープランド街の周縁に喫茶店が何軒もあることだ。地味な、ごく普通の喫茶店なのだが、前を通ってみても中に客のいる様子はない。そんな、暇そうな店がいくつもあるのは少し変ではないか。

だいたい、街の喫茶店というのは、昭和の頃にはいくつもあったけれど、近年は数が減っている。浅草近辺は、まだ昭和の佇まいを残す喫茶店が残っている方である。とはいえ、このソープ街の喫茶店はなんだか妙な雰囲気ではないか。店先に「ワンドリンク五〇〇円」なんて書いた紙が貼ってあるのも妙である。あんまりメニューもなさそうだし……。

立ち止まり、iPhoneを見るふりをして、というか実際に見て、ネットで検索をする。〈吉原　ソープランド　喫茶店〉で検索してみると、すぐに事情が判明した。これらの喫茶店のことを「情報喫茶」と呼ぶのだそうだ。つまり、ソープランドへ行く予定のお客さんが、店舗に入る前の情報収集をする場所だったのだ。ソープランドに行きたいけれど、どのお店に行けばよいのかわからない。そういう場合は、とりあえず情報喫茶に行く。するとお店の人から、予算（つまりどれくらいのお金を持っているのか）を訊かれる。どういう店が良いのかとか、好みの女性は？　とか、そういうことも訊かれるのだろうか。情報喫茶の店員さんは、お客の相談に応じて、予算や好みにあったソープランドに電話を入れるのだという。そうすると、ソープランドの店員さんが、在籍している女性の写真を並べたカタログを持ってきたり、お客を直接自分のお店までつれて行ってくれたりするのだそうだ。電話やら何やらで近代化されはしたが、情報喫茶のような職種は昔からあったはずではないか。事実、やり手婆という言葉が残っている。これはもともと遊郭で女性の教育や手配をする女性を意味したはずだ。そして、他ならぬ『痴人の愛』のナオミの実家は、その類の仕事をやっていたのではないかと考えると、どこか腑に落ちるものがある。

ソープランドを離れると途端にまた普通の町並みが続く。道路は整備されてなかなか綺麗だ。住みやすそうな、良い街ではないか。小学生の姿をけっこう見かけると思ったら、小学校があった。東浅草小学校とある。交差点に吉原大門と書いてあって、近代的に整備された道路の脇、ガソリンスタンドのすぐ目の前に、古い石碑が建っている。近寄って見てみると、細い柳の木の傍らに金属製の案内板があった。

「見返り柳」

旧吉原遊廓名所のひとつで、京都の島原遊郭の門口の柳を模したという。遊び帰りの客が、後ろ髪を惹かれる思いを抱きつつ、この柳のあたりで遊郭を振り返ったということから……

†

ここはやっぱり吉原、江戸時代から遊郭のあった街なのだ。大きな通りの筋向かいには、物凄く古い作りの建物が見える。近寄って確認したら天麩羅で有名な、土手の伊勢屋と桜鍋の中江だった。どちらも名前だけは知っていた。共に明治から続く、創業百年を超える老舗である。

地理的なことを良く知らないまま、また歩いていた。神社が見えた。鳥居が割と新しい。それなりに歴史のある神社だろうに、小奇麗でなんとなく近代的な構えに見える。吉原神社だった。祀られているのは弁財天だ。場所柄を考えると、そりゃそうでしょうと言うしかない。

少し歩いたところで一枚の看板を見つけた。「樋口一葉記念館」と書いてある。

樋口一葉といえば『たけくらべ』。『たけくらべ』といえば、明治の吉原を描いた名作ではないか。読んだのが『痴人の愛』や『濹東綺譚』よりさらに昔、十代の頃なのでその存在をすっかり忘れていた。記憶を探ると、樋口一葉の記念館が吉原の近くにあるということも知っていた、ような気はする。

看板の誘いに従って、記念館へと入ってみた。入場料は三〇〇円。エントランスから中に入ると、二階、三階まで展示室になっている。『たけくらべ』の未定稿が見られたのは、ちょっとした眼福である。売店があって、『たけくらべ』の栞や、『十三夜』の手拭いなんかが売られている。しかし、谷崎の『痴人の愛』について調べるつもりだったのが、これはどうやら樋口一葉まで読み返す必要が出てきた。

記念館の外に出て、電子書籍のアプリを開く。『たけくらべ』なら青空文庫に入っているはずだ。まったく便利な世の中になったものである。

「廻れば大門の見返り柳いと長けれど」——一行目から、見返り柳という文字があって、ひっくり返りそうになった。さっき通った場所ではないか。明治の傑作『たけくらべ』の冒頭で語られる見返り柳が、まさかガソリンスタンドの前にあるとは思わなかった。『たけくらべ』は『痴人の愛』よりもずっと古く、明治二八年から翌二九年にかけて「文學界」に断続的に掲載された小説だ。

主人公の美登利は一四歳、ナオミよりひとつ歳下だが、いずれは遊女になる運命だ。と考えると、ナオミと美登利は、わりと似たような境遇にある少女なのだ。樋口一葉が若くして死んだとき、谷崎はまだ小学生なので、両者の間に交友があったとは思えないが、逆に言うと、幼い頃から文学少年だったという谷崎が樋口一葉の作品を知らないということもまず考えられない。実際、谷崎は尾崎紅葉らと同列に一葉のことを尊敬していたらしい。『たけくらべ』が同時代を描いた作品だと考えると、美登利の生きた時代と、ナオミがカフエエ・ライオンにいた時代とでは約二〇年ほどの開きがある。

吉原は江戸時代からあり、美登利の時代には凌雲閣もできていたから、両者の環境はそんなには違わない。ただし、美登利の時代にはまだカフェーなどというものはなかった。つまり明治から大正に時代が移行するにつれて、女性の職業選択肢が増えたということか。作中の美登利には、遊女になる以外の選択肢はまずない。最初から運命は決まっているのだ。

それに対して、ナオミにはカフェーという当面の職場があった。カフェーで働きながらも、ナオミがいずれ娼婦になる可能性は大きかったとしよう。だとしても、美登利のように絶対的な運命ではなかった。ダイヤモンドで女給をしながら、結婚相手を見つければ、そのまま主婦になるという可能性もあったわけで、これは他に選択肢がなかった美登利に比べると、相当恵まれた環境である。当たり前の話だけれど、二〇年も後に生まれていれば、美登利にもまた別の人生があったのかもしれない。この違いは決定的だ。二〇年の間に、カフェー文化が生まれ、その分だけ、ほんの少しではあるけれど、女性は開放されたのだ。なるほど、ナオミは、いや『痴人の愛』という小説は、そんなにも時代の影響を受けていたわけか。

作品中でも「ナオミ」とカタカナ表記されているとはいえ、戸籍上は「奈緒美」という設定なのである。ほんの二〇年ほどの違いで「奈緒美」は「ナオミ」になり、「美登利」は「ミドリ」になれなかったということか。そして、美登利に譲治はいなかった。譲治のやったことは、いわゆる身請に似ている。

江戸時代の遊女は、廓に莫大な借金を抱えており、これを返済するために身を売るわけだけれども、身請というのは、この借金を馴染の客が肩代わりして支払い、女を引き取るというシステムだ。ていの良い人身売買だが、買春という重労働から解放され、特定の男に囲われるわけだから、遊女にとってはありがたかったはずだ。その時点でナオミは遊女ではないし、また、譲治はナオミの家族に金を払い（ナオミを買ったわけではない）、一五歳以降の生活費や養育費を口頭で保証したわけだ。その代わりに、彼女の身柄はほぼ譲治の所有物となる。家族は、譲治の申し出を受け入れて、ある意味ナオミの身柄を譲渡したわけだが、これもまた人身売買と言えなくもない。

彼女の人権・人格はあまり考慮されていない。家族も譲治も、ナオミのことを、簡単に相手に与えたり引き受けたりしても問題のない存在として扱っている。ただし、彼女自身が承諾しており、昔は養子のやりとりが今よりもずっと多かったこともあり、譲治の行ないは、さほど奇異には映らなかったのだろう。

近代における、女性の立場というのは非常に難しい問題で、現代でも、日本の女性は旧態然とした「家」に縛られているような側面があり、結婚によって「家」を出る、「家」から自由になる、というニュアンスは存在している。結婚は長期契約による買春だ、というような言葉が出てくるのも、こういった背景があるからだ。結婚＝永久就職などという表現も、ある意味同じ問題が背景にある。

樋口一葉記念館を出て、また歩く。

今はiPhoneがあるから、どんなに歩き回ってもまず道には迷わない。なので、なんとなく、気の向く方へと歩いていると、また景色が変わってきた。労務者風のおじさんたちが数人、道端に座り込んでカップ酒などを味わっている。

さらに歩いていると、泪橋《なみだばし》という文字を見つけて、自分がどこにいるのか把握した。『あしたのジョー』の舞台となった街ではないか。色街のすぐ近くには貧困の街があるのだ。思えば、大阪の古い歓楽街である新世界のすぐ近くに飛田遊郭があるのも、似たような事情だろう。もっとも、三〇過ぎまで大阪に住んでいた僕は、新世界は知っているけれど飛田遊郭には行ったことがない。そんなものだ。なんとなく茫漠とした気分で歩いていると、寂れた商店街の入口に、実物大の矢吹ジョー像が立っていた。これが今ひとつできが悪い。造形した人がおそらくマネキンの職人さんで、アニメフィギュアのノウハウを知らないのだと思われた。日が傾き始めていた。浅草から、かなり遠くまで来た気がする。どこから帰ろうかとマップを確認して、ＪＲの鶯谷駅まで歩くことにした。

鶯谷の駅もまた、僕にとっては未知の場所だ。道には迷わなかったが、別の意味で迷ってしまった。駅に近くなった辺りでマップを見ながら、適当にショートカットするつもりで歩いていたら、ラブホテルが林立する路地に入り込んでしまったのだ。

僕の少し前を一組の男女が歩いていた。男の方は白髪頭で、品の良いスーツを着ている。つれの女性も同じく白髪である。その、白髪の二人が、ごく自然な足取りで、傍らのラブホテルに入っていった。その時、少しだけ、二人の横顔が見えた。男女ともに七〇代に見えた。少なくとも、六〇代の半ばは過ぎている。何か、毒気に当てられたような気がして、立ち止まってしまった。人は、そんな歳になっても、このような場所に行くものなのか。

浅草から吉原、鶯谷と歩いてきて、僕の頭の中は、ある男のことでいっぱいになってしまった。誰かというと、河合譲治である。谷崎潤一郎ではなく、『痴人の愛』の語り手である河合譲治という男のことだ。彼は、ナオミを引き取っていったい何がしたかったのだろう。

三　京浜急行に乗って

『痴人の愛』の物語構造について考えてみた。この小説は、大雑把に言うと、前半と後半、二つのプロットが合体してできている。前半は、ナオミを引き取り育てる物語で、後半は、ナオミの本性が顕《あらわ》になるにつれて、譲治がナオミに振り回される物語。前半の主役は譲治で、後半の主役がナオミ、という見方も可能だ。

まず前半の、ナオミを育てる物語について考えてみる。この部分に関しては『源氏物語』からの影響を指摘する見方がけっこうあったはずだ。これはまあ当然だろう。谷崎自身が、人生後半のライフワークとして『源氏物語』の現代語訳をものしているくらいだから『痴人の愛』を書くにあたっても意識はしたはず。

もう一つ、気になる作品がバーナード・ショーの戯曲『ピグマリオン』だ。こちらはオードリー・ヘップバーンの映画『マイ・フェア・レディ』の原作としてよく知られている。育ちの悪い花売り娘の

『痴人の愛』
初版本（1925）
連載「大阪朝日新聞」「女性」
（1924年3月〜25年7月）

イライザを、言語学者のヒギンズが教育する話。身分の違う男女が主人公で、物語が進むにつれて、両者の立場が逆転してしまう喜劇、という点でも『痴人の愛』には良く似ている。ショーの戯曲は、明治、大正の頃から日本では人気があったようで、漱石や鷗外も彼の読者だった。谷崎の友人だった和辻哲郎もショーの翻訳を手がけているから、谷崎が『ピグマリオン』を読んでいた可能性は高い。

それらを考慮した上で、『源氏物語』ないし『ピグマリオン』と、『痴人の愛』の違いについて考えてみたい。前二者と後者の間には、誰にでもわかる大きな違いがあるのだ。

当たり前の話だけれど、光源氏は貴族である。貴族でなければあんな暮らしは成立しない。そして『ピグマリオン』のヒギンズは学者であり、嫌味なくらいにインテリである。つまり、この二人の男性は、最初から社会的地位がかなり高い。それに対して、我らが河合譲治はサラリーマンである。本人の記述を信じるとすれば、宇都宮近郊の農家の出だ。東京でそれなりの仕事をこなして、それなりの生活水準を保っているが、貴族ではないし、ずば抜けたインテリでもない。

譲治の収入に関しては、また後で検証するけれども。人を一人引き取るというのは、その食い扶持を引き受けるということで、一介のサラリーマンにとっては、けっこうリスクの高い行動なのだ。

最初からおきゃんで口の悪い『ピグマリオン』のイライザと違い、ナオミは無口で、自己主張の少ない少女として登場するが、食べ物に関してだけは、最初から何が食べたいと自分の意見を口にしている。

明治、大正の日本人にとって、肉食はそれなりにハードルの高いものであった。だからこそ、薄切りの牛肉を醬油と砂糖で煮て、生卵をからめる牛鍋＝すき焼きという調理法ができたわけだが、ナオミはビフテキを好んで食べている。譲治と出会う前の彼女に、当時は高価なビフテキを食べる機会がそんなにあったとは思えないから、ナオミは譲治との出会いをきっかけに、牛肉を常食するようになったと考えて良いのではないか。国民の体格向上のために、肉食と牛乳の普及に腐心した明治天皇にとっては、まことに好ましい国民である。

ナオミを引き取る話を切り出す前の段階から、譲治は休みの日にナオミを誘って活動写真を見に行き、帰りには一緒に食事をしている。これはもう客観的に言うとデートと言うべきであって、河合譲治、なかなか隅に置けない男である。この辺のくだりは小説の冒頭の、わずか数ページほどの部分だが、さすがは言葉の魔術師というべきか、谷崎の語り口は相当に巧妙だ。語り手の譲治は常に控えめで自分のことを卑下しているが、実は一貫して行動力のある男なのだ。

ミステリに叙述トリックというのがある。読者から見て信頼できない語り手によって話を進め、読者の目を煙に巻くテクニックだ。アガサ・クリスティの『アクロイド殺し』などが有名だが、日本でも横溝正史の『夜歩く』や殊能将之の『ハサミ男』などが、この手法を上手く使っていた。谷崎という人は、江戸川乱歩に影響を与えたほどミステリにも造詣が深く、大正一〇年に書いた『私』という短篇で、倒叙型の叙述によるトリックを使っている。

たとえば後期の作品『春琴抄』でも、春琴が突然妊娠していることが描かれて読者をぎょっとさせるようなくだりがある。そこに至るまでに、春琴と佐助がそういう関係に陥った経緯を明確には叙述していないからで、あの作品の語り手は情報を巧みに取捨選択して読者の心を操る、いわば言葉の魔術師なわけだ。『痴人の愛』の河合譲治も自分に都合の良い書き方を選択して言葉を紡ぐ、全面的に信頼はできないタイプの語り手だろう。

譲治は読者から何かを隠そうとしている。だが、光源氏やヒギンズと比較してみることで、彼の言葉の下に隠された何かが垣間見えてくる。

ここでとりあえず、その隠された何かに「社会的野心」という言葉を当てはめてみたい。要するに譲治は、光源氏やヒギンズのような、地位のある人間になりたかったのではないか。それなら、仕事で頑張って出世すりゃいいじゃないか、とも思えるわけだが、この時代の農家、それも地理的に東京から遠い北関東で生まれたサラリーマンが、どんなに頑張っても平安時代の貴族にはなれないし、イギリスの言語学者になれるわけもなかった。河合譲治を突き動かしているのは、物理的な立身出世欲ではなく、もうちょっとロマンチックな病のようなものだ。おそらく、目的はお金だけでは贖えない。ナオミを引き取ることになった次なる行動は、二人の新居を探すことだった。

†

私の勤め先が大井町でしたから、成るべくそれに便利な所を選ぼうと云うので、日曜日には朝早くから新橋の駅に落ち合い、そうでない日はちょうど会社の退けた時刻に大井町で待ち合わせて、蒲田、大森、品川、目黒、主としてあの辺の郊外から、市中では高輪や田町や三田あたりを廻って見て（略）（『痴人の愛』二）

†

どうも家賃の高そうな場所ばかりまわっている。もっとも、今ほど高くはないだろう。ちなみにこの時代、田山花袋が『東京の三十年』で描いたように、東京の西部はまだあまり拓けていない。渋谷の宮益坂なんかは野っぱらだった頃だ。

譲治が信用できない語り手であることは先に述べたが、二人で廻ったということは、ある程度ナオミの意見も反映されていたろう。新居を構えるにあたって、東京のどの辺りに住みたいか、という点で譲治と彼女の希望は割と一致していたのではないか。

譲治の視点から描かれた物語なので、わかりにくいけれど、譲治とナオミは本当に共通点が多い。活動写真が好きで、西欧の文化が好きで、肉食が好きで、とにかく新しいものが好き。そして二人ともに好色。基本的に似たもの夫婦なのだ。作中、ナオミの浮気癖が発覚してからは、譲治が右往左往して、一旦は決別もするが、結局のところ元の鞘に戻るのは、この二人が実は非常に似たもの同士だからという面もある。

彼らは大森に新居を構える。そして、小説の最終章で住んでいるのは横浜だ。『痴人の愛』は、ナオミの視点で見ると、浅草は千束からスタートして大森を経由し、横浜へと至る物語である。彼女は、自分の身内や家族に対する執着がほとんどない人間だ。実家にいれば芸者になれよと言われ、それを嫌がったらカフェーで働かせられる。先に書いたように、運命の流れ次第では、娼婦になっていたかもしれない。その環境からナオミをつれ出したのは河合譲治だ。この男が自分の運命を変えてくれる。どうせ変わるのなら、その振り幅は大きければ大きいほどいい。ナオミはおそらく、自分を取り巻く運命から逃げ出したかったのだ。その点で、譲治は彼女にとってありがたい存在であり、ナオミもそれはよくわかっている。ナオミは本当に好き勝手な行動をとるが、彼女の方から譲治に別れを切り出すことはない。それはまあ、愛情というよりも、ナオミにとって彼が便利な存在だからだけれど……気になるのは、彼らが新居を探した場所である。譲治の職場が大井町だったから、という理由はあるとはいえ、いわゆる東京の山の手、四谷とか赤坂、麻布といった土地が、最初から選択肢にないことだ。山の手の方が良さそうな家はあったと思うのだけれど、今と同じで家賃が高過ぎたのだろうか。

譲治とナオミの足跡をちょっと考えてみたい。新橋は日本の鉄道が始まった場所だ。その新橋駅で待ち合わせて、二人の新しい家を探して歩く。彼らが歩いた土地は、明治から大正にかけて鉄道が敷かれ、人口が急激に増加した一帯でもある。ちなみに京浜東北線の前身である京浜線は大正三年にできているから、新橋から、田町、品川、大井町、大森、蒲田は一本で行けたはずだ。

新橋駅付近の印象といえば、飲み屋、飲み屋、飲み屋ということになる。とにかく膨大な数の人間がこの駅を利用して、その近辺で飲んではお金を落としていく。大半が場外馬券売り場の客になってしまった感のある浅草の飲み屋とは客層が違う。駅周辺に上場企業が山ほどあるせいで、現役で働いている人たちが仕事の帰りに飲む場所なのだ。とにかく活気がある。そして、駅の改札周辺には、夜ともなると、片言の日本語で「マッサージいかが?」と声をかけてくるアジア人の女性たちが大勢立っている。ちなみに、浅草の繁華街は夜が早く、風俗営業の客引きはまずいない。百年前には魔窟だったのに、今は日中の観光客と場外馬券売り場のお客ばかりだ。

新橋駅(左は隆盛期。右は震災後)

新橋という町は、おそらく河合譲治が利用していた頃と、本質的にはあまり変わっていないのではなかろうか。近代化の道を真っ直ぐに突き進んで、今現在の、企業と飲み屋の町へと肥大していったのか、と思う。三田、田町、高輪の辺りもそれなりに知っている。歴史は古いが、浅草や吉原と違って、町の表面には明治、大正の面影はあまり残っていない街だ。

ただ、散歩気分で歩いていると、坂の名前や神社仏閣に、やたらと歴史が感じられる時がある。荻生徂徠の墓が突然あったりするし、赤穂浪士の墓で有名な泉岳寺もある。泉岳寺は立派だけれど、その周辺の綺麗に舗装された道路を歩くと、こんな場所を赤穂浪士たちが歩いたとは、にわかには信じられない。そして、三田には慶應義塾大学がある。慶應といえば、ナオミの浮気相手を務める若者たちの母校ではないか。彼らは慶應のマンドリンクラブだったはずだ。

慶應義塾マンドリンクラブというのは、明治四三年創設、一〇〇年を超える歴史がある。慶應マンドリンクラブを略してKMC、部員のことを通称毛虫と呼ぶそうだ、こういうセンスは戦前の旧制大学ならではのものか。KMCの創設期に重要な役割を果たした部員で、宮田政夫という人がいた、通称まあちゃん。ナオミに誘われた譲治が、三田の聖坂にあるダンスの稽古場に行き、KMCの連中と遭遇するが、その中にまあちゃんと呼ばれる若者がいる。慶應のマンドリンクラブという固有名詞を出しているからには、KMCの存在は良く調べた上で書いているはずで、谷崎は宮田政夫ら毛虫のメンバーたちとも、直接の面識があったのかもしれない。そういえば、竹久夢二もマンドリンを弾いていた。若い女性にたいそう人気があった夢二のイメージも、マンドリンという楽器に重ねられているのかもしれない。新しいもの好きな谷崎のことだ、マンドリンという明治以降日本に入ってきた新しい楽器を奏でる若者たちには興味津々だったのではないか。それを、自分の分身たる河合譲治の「敵」というポジションに配置するところが、なかなか意地悪である。また、谷崎が弦楽器を好んでいたのは確実で、『マンドリンを弾く男』という戯曲があるし、後期の『春琴抄』や『盲目物語』などにも弦楽器が重要なモチーフとして登場する。そして、谷崎自身が三味線を抱えている写真も残されている。上手下手はさておき、谷崎自身が弦楽器を奏でる人だったわけだ。

谷崎は『痴人の愛』のことを「わたくし小説」と読んでいる。昔は、「私小説」と書いて「わたくししょうせつ」と読んだのである。ただし、彼の作品は、いわゆる私小説とはちょっと違うように見える。譲治に己を投影しながらも、要所要所で巧みに演出を施し、河合譲治というキャラクターを創造した。その辺りのアレンジ加減が、谷崎流わたくし小説の真骨頂なのだろう。そういえば、フランスの写実主義文学の礎と言われる『ボヴァリー夫人』の作者フローベールも、裁判で「ボヴァリー夫人は私だ」と言った。『ボヴァリー夫人』を書いたときのフローベールは三〇代なかば、『痴人の愛』を書いたときの谷崎と同じくらいの年齢だ。どちらも風紀を大いに紊乱することで売れた小説である。似たような年齢のおじさんが、ある意味で似たような小説＝近代文学を書き、自作に関して似たような屁理屈をこねたと考えると面白い。ちなみに、谷崎の『鬼の面』という短篇には『ボヴァリー夫人』への言及があり、谷崎がフローベールを読んでいたことは確実だ。

蒲田に松竹の映画撮影所ができたのは、一九二〇年（大正九年）。譲治とナオミが大森に住んでいた頃だ。映画好きの二人のことだから、ちょっと足を伸ばして撮影所見学くらいはしたかもしれない。彼らが貸家を探し歩いた大森、品川、目黒は、いずれも大都会だ。どの駅も規模が大きい。特にデカいのは品川駅だろうか。あの駅はとんでもなく巨大な建築物である。各種の売店があり、本屋があり、雑貨店があり、衣服も買える。そして何よりも食べ物屋が山ほどある。駅での食事といえば立ち食いそばが定番だが、ここにはカフェがあり、カレーがあり、うどん屋があり……何でもある。何しろ立ち食い寿司まであるのだ。

ＪＲと接続している京急のホームにも、立ち食いそばがありスープストックがあったりする。そちらの売店には焼売の崎陽軒が入っていた。京急はもちろん中華街のある横浜にも繋がっている。横浜は『痴人の愛』で最終的に譲治とナオミがたどり着く場所でもある。

構内に無数にあるように見える売店では、駅弁も売っているが、いわゆるお惣菜を並べている店も多い。品揃えは豊富だから、晩御飯のおかずを買って帰る人も多いのだろう。いったいどれほどの量の食品が、この駅ひとつで消化されているのだろう。東京駅にも美味しい食べ物屋は多いが、品川駅ほどではないと思う。品川駅の胃袋はなぜにそこまで大きいのだろう。ひとつの答えを僕は知っている。

改札を出て、港南口の方に向かう。港南というくらいだから、こちらには港があるわけだ。港南口を出ると、広場というかバスターミナルになっている。

品川の港湾部には無数の巨大な倉庫がある。それらの倉庫で働く人たちは、品川から無料の送迎バスに乗って、毎日の職場へ通っているのだ。品川駅を利用する乗客の何割かは、港湾の倉庫で働く人たちであり、品川駅は、彼らの行き帰りの食事をも引き受けているのである。ちなみに、港南口の広場の地下には、オートメーション化された自転車駐輪場がある。地上の機械に自転車を差し込むと、自動的に飲み込んで、地下にある巨大な倉庫に収納するのである。すべてカードで管理されているので、帰りにはカードをタッチすると、自分の自転車が地下から出てくる仕組みだ。なんという機械化都市か。思えば倉庫の並ぶ港湾部も、元は埋立地ではないか。ここは、地面から人間が創りだした人口の土地なのだ。確か、東京湾の埋め立て工事は幕末から始まっていたはずである。日本人は百年以上の年月をかけてこの都市を作ったのだ。譲治とナオミが貸家をさがして訪れた頃も、埋め立ては進み、町の風景は刻一刻と変化している最中だったのではないか。この大きな駅前には、大正時代の面影などひとかけらもないけれど、譲治やナオミが生きた頃から、この辺りの土地はずっと埋め立てられたり新しい建物を立てられたりし続けて、今の姿になったはずなのだ。

足を伸ばして大森に向かう。譲治とナオミが「お伽噺の家」を見つけた土地だ。当然のことながらこちらも巨大な駅であり近代化の極みである。もちろん大正時代の面影はない。

†

結局わたしたちが借りることになったのは、大森の駅から十二三町行ったところの省線電車の線路に近い、とある一軒の甚だお粗末な洋館でした。所謂「文化住宅」と云う奴、――まだあの時分はそれがそんなに流行ってはいませんでしたが、近頃の言葉で云えばさしずめそう云ったものだったでしょう。

ナオミは「まあ、ハイカラだこと！あたしこう云う家がいいわ」と即決する。（『痴人の愛』二）

†

ナオミさんは本当に新しいものが好きですね、二人が見つけたこの洋館は、何とか云う絵かきが建てて、モデル女を細君にして二人で住んでいたのだそうです。

上村一夫『菊坂ホテル』の読者としては、もしやその絵かきとモデルのモデルは、竹久夢二とお葉だったのではないかと勘ぐってしまう。色んな作品を読み進む中でわかったのだが、谷崎は、自分の知っている人たちを巧妙にアレンジして、小説の登場人物たちに投影させるという手法を好んで使った。物語作家と言われながら、私小説作家でもある谷崎ならではの創作スタイルだ。

最寄り駅が大森で、線路に近いとは書いてあるものの、どちらの方向に十二三町ほど歩くのか書いていないため、その洋館があった場所を特定するのは不可能だ。それに、線路に近い場所ほど、道路は何度も整備されて地形も変化しているだろう。そもそも、その時代の大森に、そんな洋館があったのか。

『消えたモダン東京』（内田青蔵、河出書房新社、二〇〇二）という本によると、大正の後期に「文化鍋」や「文化包丁」「文化風呂」といった「文化」という文字を冠した言葉が数多く登場するのだという。鯖の文化干しなんてのも、この時代のものだろうか。

試しに「文化服装学院」のホームページへアクセスしてみたら、学院の歴史が紹介されていた。それによると、並木伊三郎が東京の南青山に「並木婦人子供服裁縫店」を開設し、同店舗内に「婦人子供服裁縫教授所」を創設したのが大正八年。この教授所が、大正一一年に「文化裁縫学院」に発展する、とあり、これが昭和一一年に「文化服装学院」になる。やっぱり「文化」は大正後期の産物だったようだ。文化服装学院といえば、時代のファッションをリードする学校だから、時代のモードには敏感だったのだろう。ホームページには、大正一四年の教員と卒業生記念写真が掲載されており、それを見ると全員和装である。大正時代の女性は、まだ和装の方が圧倒的に多かったらしい。もちろんナオミも、譲治と知り合った頃は桃割を結った和装である。

『消えたモダン東京』によると、大正時代の住宅専門雑誌『住宅』で、最初に「文化住宅」という言葉が出てくるのは、大正一〇年の一一月号だという。譲治の記述を信用した上で、なおかつ『痴人の愛』が発表された時期から逆算すると、浅草で出会った二人が新居を探して歩いたのは大正六年で、まだ「文化住宅」という言葉はないはずなのだ。つまり、四五年後に流行しはじめるような家に住んでいたわけである。この辺りは谷崎の創作による味付けだろう。

そして二人は、家の中も舶来物でかためた。時代の最先端である。これで本人は職場では地味なサラリーマンで通していたわけで、河合譲治、やはり隅に置けない怪しい男である。彼が言う「甚だお粗末な洋館」という表現にも、ある種の恣意的な韜晦を感じずにはいられない。何しろ洋館そのものが珍しい時代であり、譲治の言う文化住宅が実際に流行るのは、彼らがそこに住みはじめた後の時代のことなのだ。新築ではないにしろ、そんな洋館に住むのというのは、流行の最先端ではないのか。震災で関西に移住した谷崎が最初に住み、『痴人の愛』を執筆したという家が、数年前まで神戸市東灘区に残っていた。この建物がまさに〈赤いスレートを葺いた屋根。そして正面のポーチ前に、庭というよりは、むしろちょとした空き地〉のある、大正時代の文化住宅で、作中の描写に良く似ていることから、ナオミの家のモデルではないかと言われている。これが真実だとすると、谷崎は震災後の神戸にあった建物を、震災前の大森に持ってきて『痴人の愛』を書いたわけだ。モデルの細君と絵描きが建てたという、もともらしい設定も、ハイカラな譲治とナオミの新居を演出するためのテクニックだろう。どうやら谷崎は「わたくし小説」を標榜しながら、随所に計算されたフィクションを盛り込んでいるらしい。

その頃の大森がどんな街だったかというと——確かに、譲治とナオミが新居に求めていたであろう、ハイカラでモダンな要素があった。

大正五年に、田園都市株式会社が設立されている。これは、未開発な土地がまだ多かった東京に理想的な住宅地を開発するべく、明治の傑物渋沢栄一の息子渋沢秀雄が設立した会社だ。彼らの念頭にあったのは、欧米、例えばイギリスにあるような、郊外の田園住宅地だった。実際問題として、当時の大森駅付近は畑ばかりだったらしいのだが、それに手を加えることで、英国風の田園都市に生まれ変わらせようという発想が素晴らしい。この会社は、今の品川区、目黒区、大田区などの、幅広い土地を占めていた荏原郡の開発を進め、東京の景観と居住環境を一新させた。つくづく、東京は人の手によって作られた街なのだ。譲治たちが住処を求めて歩いた頃は、まさに都市開発の真っ最中だったろう。確かに、若い女の子との新生活を始めるには、ふさわしい場所だったのかもしれない。

ちなみに、大正元年に望翠楼ホテルが開業している。このホテルに関しては、わからないことも多いのだが、設計者は横浜で活躍した建築家の川崎鉄三。この人の設計では、横浜市中区にあるジャパンエキスプレスビルが残っている。建築には素人なのでわかったようなことを書くけれども、これは確かにモダニズムな感じの建物である。望翠楼ホテルでは、詩人の日夏耿之介や日本画家の小林古径らの文人画家が集まって「大森丘の会」という会合を開いていたという。これが、関東大震災後には尾崎士郎や広津和郎、萩原朔太郎らも越してきて、馬込文士村と呼ばれるようになる。新興の田園住宅都市に、若き日の文化人たちが集まってきたわけだ。根がミーハーな譲治とナオミのことだ。そういった新しい文化の香りを、ちゃんと嗅ぎつけていたのかもしれない。

江戸時代末期に始まった東京湾の埋め立ては、明治時代から大正にかけて著しく進み、田町、高輪の辺りが埋め立てられて工業地帯となった。東京は、臨海部を埋め立てることで成立した都市であり、明治の人々は文字通り東京を作ったのである。そして大正期には第一次世界大戦があり、これに伴う軍需景気によって工業地帯は飛躍的に発展する。東京湾の埋立という構想を、最初に抱いたのは江戸後期の経済・農学者だった佐藤信淵だという。増え続けていた江戸の人口を気にしていた佐藤は、東京湾の沿岸を埋め立てて塩田を作り、農地を開拓することで、江戸の住民たちを養えるだろうと考えた。

佐藤の思想を受け継いだのが、明治の実業家浅野総一郎だ。明治初期に越中富山から上京した浅野は、名水に砂糖を入れた水売りから仕事を始めて、薪炭商、コークスの売り込みと、主にエネルギー産業で身を立てた。渋沢栄一、安田財閥の創始者安田善次郎といった伝説的な人物たちとも巡り会い、彼らからの支援もあって、浅野セメント（現在の太平洋セメント）や東洋汽船、浅野造船所（後に日本鋼管、現在のＪＦＥエンジニアリング）といった会社を次々と創設し、浅野財閥を一代で築いた。東京湾の埋立は、この浅野が成した中でも最大の事業と言って良いだろう。ゆえに浅野は、京浜工業地帯の父と呼ばれている。

そもそも、なぜ東京湾を大規模に埋め立てる必要があったのだろう。佐藤信淵は、江戸の産業を活性化させるために埋立を発案したが、明治期には、それ以上に東京湾を埋め立てる必要性があった。海外との貿易のために、整備された港が必要だったのだ。東京湾の内奥は隅田川や江戸川、多摩川などから流出する土砂で遠浅になっており、港湾としての機能が低かった。明治二九年に外遊した浅野は、欧米の港湾施設を視察して、日本にも整備された港が必要だと考えたのだ。それに先立って、横浜では明治三年から四年にかけて、鉄道を敷設するための埋立工事が行なわれていた。現在の高島町は、この大事業を行った高島嘉右衛門の名前に由来する。同じ頃、野毛の辺りでも埋立工事が行われて、瓦斯製造所（後の市営瓦斯局）が建てられた。ガス灯の光は、新たな時代を照らしだすように見えたろう。埋立工事は、新たな港とともに新たな産業を生むのだ。そういえば、規模は違うが浅草公園六区も埋立の産物ではないか。

浅野は、時間をかけて壮大な規模の東京湾築港を計画する。明治三九年には隅田川河口改良工事が起工され、長い年月をかけて大型の汽船が芝浦地区に停泊できるようになった。明治四二年には鶴見・川崎の埋立を目的とした「鶴見埋立組合」が設立され、これが現在の東亜建設工業となる。埋立で造成された土地には、大企業が進出し、東京の町中には設置できないような巨大な工場を建設する。京浜工業地帯の誕生である。

†

ここで私は、私自身の経歴を説明して置く必要がありますが、わたしは当時月給百五十円を貰っている、或る電気会社の技師でした。私の生れは栃木県の宇都宮在で、国の中学校を卒業すると東京へ来て蔵前の高等工業へ這入り、そこを出てから間もなく技師になったのですそして日曜を除く外は、毎日芝口の下宿屋から大井町の会社へ通っていました。（『痴人の愛』一）

†

譲治が技師であったことは重要だ。ちなみに、芝口とは新橋の古い地名。つまり彼は、新橋に住み、大井町の会社で働くバリバリのエンジニアだったわけだ。そんな譲治が、京浜工業地帯の発展を視野に入れていなかったとは思えない。

蒲田、大森、品川、目黒――譲治とナオミが貸家を探して歩き回った土地は、そのまま京浜工業地帯という枠組みにすっぽりと収まる。そして作品の終章で、彼らが住んでいるのは横浜である。二人は京浜工業地帯に沿って移動したという見方もできる。横浜は歴史のある土地だけれども、同時に東京よりもハイカラでモダンな土地でもあり、海外へとひらかれている。

谷崎は初期から浅草を舞台にした作品をいくつか書いているが、『痴人の愛』は、その浅草を離れる小説でもあった。実際、箱根で関東大震災に遭遇し、関西へと避難した谷崎は、そのまま関西の住人となって、そこで『痴人の愛』を書いた。その後は、よく知られているように『春琴抄』や『細雪』で関西を描く作家として高く評価されるようになった。彼にとって『痴人の愛』は、東京での生活の締めくくりという一面がある。

作家生活の初期から、短篇を得意とした谷崎だったが、長篇には割と手こずっている。キャリアのごく初期、明治四五年に新聞連載した青春小説『羹』が、谷崎の実質的な初長篇だが、これは一三章で中断している。『痴人の愛』に先立つ大正九年に書いた『鮫人』は浅草を舞台にした意欲的な長篇だったが、これも途中で中断。大正一二年の『肉塊』は、横浜を舞台に映画製作という魔物に魅入られ、すべてを失う男の悲喜劇を描いた長篇だ。この作品には、谷崎自身の映画製作の経験が大きく反映されており、興味深く読めたが、小説としての完成度は高

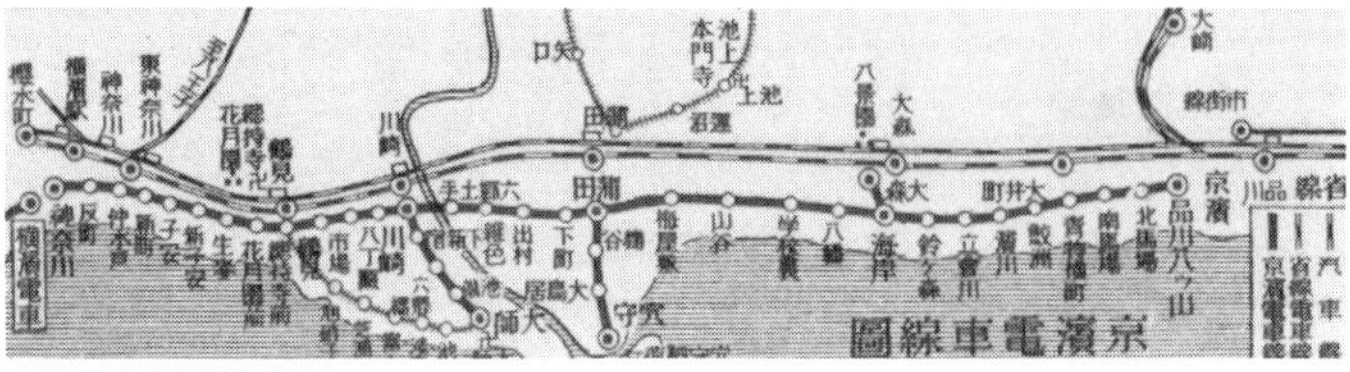

京浜電気鉄道沿線図

いとはいえない。ごく初期から文章力は抜群であり、何かと器用にものを書く人なので、短篇は常に上手くまとめるのだが、どうも長篇の構成が上手くできなかったのではないか。

ともあれ、谷崎が『痴人の愛』を手がける前に、浅草と横浜を舞台にした小説に挑んでいたことは記憶しておきたい。どちらも、彼にとっては重要な土地だったのだ。

そして『肉塊』を発表した数か月後、関東大震災が起きて関西へと避難した谷崎は、避難先で満を持してという感じで傑作『痴人の愛』を執筆、そのまま関西に住み、関西を描く作家に変貌する。

おそらく譲治とナオミは、新しい暮らしを始めるにあたって、新しい街、新たに作られつつある土地に住みたかったのだ。 そして新生活が始まる。二人がお気に入りの家財道具を揃えて「お伽話の家」を作ってゆくところは、譲治自身も述べているように、おままごとのようであり、ジオラマの人口世界を作っているようにも見える。ここから少しずつ、ナオミという無口だった少女が変貌を遂げてゆくのだ。とはいえ、最初のうちは二人とも仲が良くて微笑ましい。二人で貸家を探して歩く辺りから、おままごとのような暮らしを始めた辺りは、本当に楽しそうである。

ここで一旦、二人が共に暮らし始める前の事を思い出してみよう。譲治とナオミの関係は、譲治がナオミに、何がしたいかを問いかけ、ナオミがそれに答える、という形で始まっている。たとえば映画を見に行けば、

†

「どうだね、ナオミちゃん、よく見えるかね?」

「ナオミちゃん、お前お腹が減ってやしないか?」(共に『痴人の愛』の台詞)

これらは、相手の機嫌を伺うという面もあるけれど、歳の離れた少女との会話の糸口を探ってもいたのだろう。当たり前の話だけれど、この段階ではお互いに相手の内面がよくわからない。ナオミは、譲治が自分に好意を抱いているのは察していたろうが、この時点では慎重である。だから譲治はナオミに問いかけ、彼女の欲望を探るしかないのだ。

†

「じゃあナオミちゃんは、本を読むのが好きなんだね」

「ええ、好きだわ」

「一体どんな物を読むのさ」

「いろいろな雑誌を見るわ、読む物ならなんでもいいの」

「そりゃ感心だ、そんなに本が読みたかったら、女学校へでも行けばいいのに」

私はわざとそう云って、ナオミの顔を覗き込むと、彼女は癪に触ったのか、つんと済まして、あらぬ方角をじっと視つめているようでしたが、その眼の中には、明かに悲しいような、遣る瀬ないような色が浮かんでいるのでした。(『痴人の愛』二)

†

これは厭らしい。ナオミの実家が女学校に行けるような環境ではないのを知りつつ、わざとこんなことを言う。相手は一五歳の子供である。譲治の、表に出さない欲望が顕になった瞬間だが、そこからの会話で、彼はナオミの隠された欲望を引きずり出す。

お前は何がやりたいんだい？　と、畳み掛けるように尋ねる譲治にナオミは答える。

「あたし、英語が習いたいわ」

「それから、音楽もやってみたいの」（共に『痴人の愛』の台詞）

そばが食べたいとか、洋食が食べたいとかしか言わなかったナオミが、内に秘めていた欲望を譲治に見せたわけだ。それまで大人しかったという彼女が、自らの内に秘めた欲望について、どれだけ自覚的だったのかはわからない。譲治に誘惑されることで、はじめて己の欲望を自覚した可能性はあるだろう。だとしたら、この段階で譲治は、ナオミを教育しはじめている。譲治は、英語や音楽を習うための学費を自分が出しても良いとナオミに申し出て、急転直下で譲治が彼女を引き取る話が決まる。両者の抱いていた欲望が、等価交換されたわけだ。この後も二人は一貫して、お互いの欲望を相手に表明することで結びつきを持続する。彼女の要求を、可能な限り聞き入れながら、譲治は挑発している。面白いことに、いざ習い事が始まると、譲治とナオミの違いがクローズアップされてくる。譲治の見る限りでは、彼女の英語は一向に上達しないのだ。ところが、英語教師のハリソンはなかなか賢い娘だと言う。英語の発音が上手く、リーディングに長けていたのだ。しかし、文法は苦手だったのである。おそらく学校の勉強には秀でていただろう譲治（だからこそ、北関東の農家の出身でありながら東京のサラリーマンになれたわけだ）にとって、文法ができないのは英語ができないのと同じなのだ。

日本の英語教育は文法偏重であり、実際の英会話との間に齟齬が生じるという話を、昭和生まれの我々はよく聞かされたものだけれど、この問題は大正時代からあったものなのだ。『痴人の愛』が、時代をよく活写した小説なのがよくわかる場面だが、自身は英文の洋書を乱読していたそうなので、文法を覚えないナオミに苛立つ譲治の感情は、谷崎の経験を反映しているのかもしれない。

そういえば、大正四年に書かれた『独探』という短篇にこんな一節があった。

私はいつ迄立っても、少し込み入った会話になると、老嬢が何をしゃべって居るのやら分からなかった。それにも拘らず、私は自分よりも語学の実力の遥かに劣った、ろくに文法も知らず単語の数も知らず、リイダアの飜訳すら満足に出来ない劣等な同級生の二三の者が。自由に老嬢と会話を試み、教室以外に交際までも続けて居るのを見た。私は自分が先天的に外国語を話す才能を欠いて居て、西洋人に接近する資格のない人間であることをつく〴〵感じた。（『独探』）

『独探』はもちろん小説であるが、本作の語り手は「タニザキさん」であり、私小説的な色合いが濃い。だからここで語られている、文法も単語も知っているのに会話だけが苦手という悩みは谷崎自身のものかもしれないのだ。この作品は、語り手のタニザキさんがG氏というオーストリア人からフランス語を習うというお話なのだけれど、面白いのは作中で西欧文化に憧れを持つタニザキさんに対して、西欧人であるG氏が否定的な発言をするところである。

一体あなた方は、どうしてそんなに西洋の女がいゝのですか。何処がいゝと思います。それはみん

なイルジオンです。私日本の女がやさしくて親切で大変いゝと思います。

このくだりは非常に鋭い。非常に下世話な女性の話題にかこつけて、タニザキさんの西欧賛美をイルジオン＝幻想だと批判しているのである。そして、おそらく、〈西洋の女よりも日本の女の方が親切でいいと思います〉と語るG氏もまた、タニザキさんと同じたぐいのイルジオン、西洋人であるがゆえに西洋の女より日本の女の方が良いという幻想に囚われている。要するに、二人とも、ないものねだりをしているだけなのだ。

G氏にはモデルがいるらしいので、この会話も実際にあったことかもしれない。けれども、大正四年という、かなり早い時期に谷崎が、自らの西欧趣味に対する批判的な発言を作中に記していたことは評価したい。彼の西欧趣味は本気だったかもしれないけれど、それを客観的に見た場合、ないものねだりの空疎な幻影にしか見えないであろうことを、作家としての谷崎は自覚していたのである。

西欧人と会話がしたいがために、わざわざ金を払って西欧人から外国語を習っておりながら、皮肉なことに、みんなイルジオンですと言われてしまうタニザキさんの滑稽さは、『独探』からおよそ一〇年後に書かれた『痴人の愛』の譲治が良く受け継いでいる。

そしてもう一つの西欧趣味であるダンスに至っては、譲治はあまり良い所がなくて、なれないステップを踏みながらオロオロするばかりだ。一方のナオミは、譲治の金で習った英語やダンスを武器として、後に浮気相手となる男たちと知り合ってゆくわけだ。同じようにハイカラで新しい西洋文化を好みながら、それへの順応性において、彼女と譲治では大きく差があった。この辺りですでに、譲治と彼女の間で立場の逆転が始まっている。

ナオミは譲治の金で新しい服を買い、新しい世界に飛び込んでゆく。その一方、出資者の譲治は取り残されるといういささか物悲しい構図だ。そこで出会う、慶應の学生たちもまた、新しい西洋文化に順応している若者たちである。取り残された譲治が、慶應の学生たちとの交流を楽しめないのは、ある意味当然だろう。この時点での譲治はまだ三十路《みそじ》になるかならないかというところ、学生たちとそんなに歳が離れているわけではないが、世代間のギャップは確実にある。

譲治の出身校である蔵前の高等工業とは、東京高等工業学校、現在の東京工業大学である。学歴では、慶應の連中に決して劣らぬエリートなのだが、おそらく苦学生だった譲治は、彼らのようにキャンパスライフを謳歌した経験がなく、ハイカラなセンスに欠ける。だから、地方出身者である譲治と彼らのあいだには一種の文化格差が生じているのだ。それは、譲治にとってはひとつの巨大な壁ではなかったか。

『痴人の愛』が譲治の一人称で書かれている以上、ナオミの内面＝心理が描かれないのは、さほど不自然なことではないが、それにしてもこの小説にはヒロインの心理描写がない。いや、実を言うと、語り手である譲治自身の心理描写もあまりないのだ。彼が当面考えていることや、その時その時で思ったこと、感じたことは書かれているものの、その多くは、ナオミの肢体に見惚れたり、外国人の体臭を嗅いでうっとりしたり、はたまたナオミの浮気にオロオロしたり、と外面的な描写であり、心理描写が原理的に不可能な映画のようなメディアにおいても、俳優の仕草ひとつで表現できるような、わかりやすいリアクションばかりである。谷崎がこれより前に書いた『肉塊』などでは、主人公の内面、心の移り変わりが延々と描かれていたことや、これ以降の『蓼食う虫』や『猫と庄造と二人のをんな』などにおいても登場人物の心理が丁寧に描写されていることを考慮すると、『痴人の愛』における心理描写の少なさは、ちょっと際立っている。

とりあえず、ナオミの心理描写がない理由に関しては、容易に想像がつく。ナオミには欲求しかなく、その欲求の大半は金さえ払えば解決できるからだ。ナオミの中で唯一、金で解決できないものがあるとしたらそれは性欲で、それゆえにナオミは複数の男性と浮気をするということになる。おそらくナオミには物欲と性欲、それに食欲、自己顕示欲くらいしかないけれど、生きてゆくための世間知と常識はそれなりにある。もしもそれがなければ、浮気も隠さなかっただろうし、浮気がばれたときに、譲治に対して謝りもしなかったろうが、ナオミはそんな無軌道な狂人としては描かれていない。

†

ナオミがしきりに「鎌倉へつれてッてよう！」とねだるので、ほんの二三日の滞在のつもりで出かけたのは八月の初め頃でした。

「なぜ二三日でなけりゃいけないの？　行くなら十日か一週間ぐらい行っていなけりゃつまらないわ」彼女はそう云って、出がけにちょっと不平そうな顔をしましたが、何分私は会社の方が忙しいという口実の下に郷里を引き揚げて来たのですから、それがバレると母親の手前、少し具合が悪いのでした。が、そんなことをいうと却って彼女が肩身の狭い思いをするであろうと察して、「ま、今年は二三日で我慢をしてお置き、来年は何処か変ったところへゆっくり連れて行て上げるから。――ね、いいじゃないか」「だって、たった二三日じゃあ」「そりゃあそうだけれども、泳ぎたけりゃ帰っ

て来てから、大森の海岸で泳げばいいじゃないか」「あんな汚い海で泳げはしないわ」（『痴人の愛』四）

†

この辺ですでにナオミの変貌が始まっている。譲治がつくりだした環境がナオミを変えていくのだ。そして、ここでまた土地の話題が出た。今では途絶えた文化だけれど、大森の海は日本で最初に海苔の養殖が始まった場所である。和紙の技法を応用して、我々が今も食べている四角い板海苔を作るようになったのは江戸時代のことだ。海苔の養殖で栄えるほど綺麗な海だった大森の海岸が、汚い海に変貌してしまったのは、先に触れた京浜工業地帯の発展に伴う埋立と、工場の増加が原因だろう。それでも、大森での海苔養殖は戦後まで続いたが、昭和三七年の埋立工事によって、その歴史を閉じた。

実際、大森の海は汚れていたのだろうが、明治二四年、現在の京浜急行大森海岸駅のあたりに海水浴場が創設されてから、昭和の初期頃までは庶民の間で大変な賑わいを見せていたので、わざわざ鎌倉に行きたいというのはナオミの贅沢嗜好である。この、大森の汚い海というのも、リアルタイムで『痴人の愛』を読んだ読者の何割かには、変化しつつある東京の姿を描いた表現として、ダイレクトに伝わっていたのではないか。

江戸から東京に変化する過程で、遠浅のきれいな海と、そこで採れる海産物は失われた。足尾銅山で鉱毒事件が起きたのは明治の話だから、この時代、すでに公害という概念はあったはずだ。とはいえ、たとえ環境破壊というリスクがあったとしても、東京という都市は変貌しつづけるしかなかったわけで、谷崎自身もその辺のことは承知していたのだろう。そして、ナオミにせがまれて出かけた鎌倉旅行で、まことに興味深い事実が露呈する。それは譲治の、富裕層に対する抜きがたい劣等感だ。

鎌倉では長谷の金波楼と云う、あまり立派でない海水旅館へ泊まりました。それに就いて今から思うと可笑しな話があるのです。と云うのは、私のふところにはこの半期に貰ったボーナスが大部分残っていましたから、本来ならば何も二三日滞在するのに倹約する必要はなかったのです。それに私は、彼女と始めて泊まりがけのたびに出ると云うことが愉快でなりませんでしたから、なるべくならばその印象を美しいものにすつために、あまりケチケチした真似はしないで、宿屋なども一流の所へ行きたいと、最初はそんな考でいました。ところがいよいよと云う日になって、横須賀行の二等室へ乗り込んだ時から、私たちは一種の気後れに襲われたのです。なぜかと云って、その汽車の中には逗子や鎌倉へ出かける夫人や令嬢が沢山乗り合わしていて、ずらりときらびやかな列を作っていましたので、さてその中に割り込んで見ると、私はとにかく、ナオミの身なりがいかにも見すぼらしく思えたものでした。(『痴人の愛』四)

†

この場面は、前半部分で最も物悲しい箇所である。明治大正は、江戸時代からの富裕層に加え、複数の財閥が誕生した時代だった。当然のことながら貧富の差は激しい。譲治は有能なサラリーマンだったようだが、この時点では富豪というには程遠い。行きの列車で、きらびやかな金持ちの乗客たちに気後れしてしまった譲治とナオミは、現地に着いてからも、一流のホテルに泊まるくらいの予算はありながらも、立派なホテルの建物に気圧されて三流の旅館を選んでしまう。

お金持ちの観光客たちが、彼らに何をしたわけでもない。ただ、譲治のほうが一人勝手に上流階級の幻影に気圧されているのだ。ここに譲治の欲望が垣間見える。彼は上流階級の仲間入りをしたいのだ。しかも、ただ単に自分の立身出世だけではない、自分が育てたナオミを、教養のある一流の淑女として、社交界に送り出したい。だからこそ学歴のない彼はナオミに英語を、ダンスを習わせた。彼のしようとしていたことは、極めてパーソナルな階級闘争だったのである。その手段はいささか奇矯なものではあったけれど。ただ、これがもしナオミが譲治の妻ではなく養子だったとしたら？　親が我が子に、高い教育を与えてやりたいという願望、教養のある立派な人間になって欲しいと願う思いは、近代の日本においてはかなり普遍的なものではなかったか。自分が貧しい出自であり大した教養もないのなら、せめて子供には豊かな教養と、豊かな暮らしを与えてやりたいという夢を、多くの庶民が抱いていたはずだ。譲治とナオミが生きた大正から、少なくとも高度成長期までの日本というのは、そういった上昇志向が何よりも奨励される社会だったのではないか。

ここで改めて、二人が新居を探す際に、大森、品川といった土地を選んだ理由が見えてきた気がする。いわゆる山の手と呼ばれる高級住宅街には、彼が気後れしてしまうような富裕層の夫人や令嬢が大勢いるから選ばなかったのではないかと思うが、どうだろう。

谷崎が、浅草という土地に愛着を持っていたのは確かで、彼の作品には浅草が度々登場するし、大正七年には「浅草公園」という随筆もある。ごく短い文章だが谷崎はその中で、こんなことを書いている。

亜米利加合衆国が世界の諸種の文明のメルチング・ポットであるというような意味に於て、浅草はいろいろの新時代の藝術や娯楽機関のメルチング・ポットであるような気がする。（『浅草公演』）

浅草に映画館をはじめとする娯楽施設が集結していたことは先に書いた。谷崎自身、そういう新しい芸術と娯楽の場として浅草を評価しており、それは『痴人の愛』においても、譲治とナオミのデートコースに反映されている。

†

だが、それと同時に、浅草を含む東京全体が変貌しつつあった。というよりも、明治以降の東京は、ずっと変貌しつづける街なのである。大正九年の未完の長篇『鮫人』の冒頭にこんな文章がある。

†

戦争のお陰で東京には好景気が来た、日本は債権国になった、実業家は彼等の資産を豊かにし、宰相は新しい爵位を得、軍人は勲章を貰った、ぼろ船を売って儲けたり。染料や薬剤の買い占めで設けた成金どもが輩出した、ところが其の為めに東京と云う土地は一般には却って住みにくい街になった。(『鮫人』)

†

譲治が列車の中で遭遇した夫人や令嬢たちは、ここに書かれているような、好景気によって豊かになった実業家や宰相、軍人たちの家族だろう。京浜工業地帯の発展はそういった富裕層をさらに豊かにし、成金と呼ばれる貧困層から一転して大金を得るような者も出てくる一方、貧富の差は激しくなって、大正七年には米騒動が起きた。譲治とナオミが生きたのは、そんな時代だった。

ここで重要なのは、譲治が感じた劣等感、根深い屈辱を、おそらくナオミも感じていたであろう点だ。何より、千束の怪しげな家庭で育ったナオミである。彼女自身も〈夫人や令嬢たち〉との格差を実感したはず。それが物語後半のナオミの行動に反映されているのではないだろうか。ナオミは、様々な男と関係を持つが、その相手は家柄の良い学生であったり、外国人であったりする。ナオミは自らの性的な魅力によって様々な垣根を超え、身分の違う男たちをある意味征服しているわけで、これは譲治にはとても真似のできない芸当だった。物語の終盤までに譲治は、様々な階級の女性を見て脳内で品定めをするが、そういった女たちと実際に肉体関係をもつことはない。

『痴人の愛』の後半のナオミの自由奔放、勝手気ままな行動は、彼女なりの階級闘争でもあった。この後、二人の暮らしが続くにつれて、ナオミと譲治の立場はじわじわと逆転してゆく。ナオミの人生の闘争において、庇護者であり夫である譲治こそが、最初に征服し克服すべき対象だった、という見方もできる。社会格差という分厚い壁に直面したものの鎌倉旅行は楽しかったようだ。海に遊ぶナオミの肢体を見つめながら、譲治は西洋の映画女優を思い浮かべる。

四　大正時代のベージング・ガール

　それにしても譲治とナオミは二人とも映画が好きである。この時代から戦後のある時期まで、映画産業は右肩上がりで発展し、新興芸術であるとともに娯楽の王様でありつづけた。

　ここで少し、当時の映画状況について説明しておこう。

　彼らが観ていたのはもちろんサイレント＝無声映画である。サイレント映画からトーキーへの移行、つまり映画の中で俳優たちが喋るようになるのは、おおむね一九三〇年辺りだと思っておけばいい。もちろん、それ以前から、映画に音を乗せようとする試みはなされてきたが、トーキーの技術が完成するのは一九二〇年代後半、一九三〇年頃を境に世界中の映画に音がつき、劇中の俳優が喋るようになる。

　なので大正時代の映画には音がなかった、だから映画館は静かだったかというとそんなことはなくて、楽団が音楽を演奏し、日本の場合は、活動弁士がいて映画の内容を解説していたから、上映中の館内は賑やかなものだった。弁士は落語家や舞台俳優と同じく舞台人であり人気商売だった、徳川夢声のよう

マック・セネットの「ベージング・ガール」

に弁士として知られた後、漫談や演劇など他のジャンルでまた人気者になった人もいる。

もちろん、二人が映画を好む背後には作者の谷崎自身が映画マニアだったという事実がある。ナオミの肢体をジロジロと見つめながら、譲治は西洋の女優の名前を次々に上げる。そこで出てくる女優たちの名前には、谷崎自身の趣味が反映されているのだろう。

『痴人の愛』に先立って谷崎は、映画をテーマにした小説と随筆をいくつも書いており、映画会社の文芸顧問として脚本まで書いている。谷崎の映画製作に関しては、彼のキャリアの中でも重要な意味合いがあるので、後で詳しく掘り下げることになるだろう。谷崎が一九世紀末に発明されたばかりの映画というメディアに心を惹かれていたのは間違いない。当時は浅草だけでなく、町中のあちこちに映画館があった。二人が住んだ大森にも大正の後期に六軒の映画館があった。フランスで映画＝シネマトグラフが誕生したのが一八九五年（明治二八年）。翌年の明治二九年には稲畑勝太郎がシネマトグラフを輸入し、明治三〇年の二月に大阪の南地演舞場で日本初の映画興行が行われた。明治三二年には日本人による映画製作が始まる。創世記の映画の伝搬は、当時の状況を考えると物凄いスピードではないか。

映画がなぜ、短期間で世界中に広まったかというと、個人の手で運べたから、というのが大きな理由になる。当時は撮影用のカメラも映写機も手回し式で、フィルムが嵩張るものの、個人の力で一式移動できた。カメラと映写機は基本的に内部構造が同じで、それなりの知識があればメンテナンスが可能である。なので、シネマトグラフの発明者であるリュミエール兄弟は、世界中にカメラマンを派遣して、世界各地の珍しい映像を記録させた。今に残る最古の映画の中には、リュミエールのカメラマンが撮影した日本の田園風景などもある。インターネットが行き渡った今世紀とは違う、一九世紀末の話である。

自分の国にいながら海外の動く風景が見られるというのは、当時としては驚異である。最初期の映画は、ただ風景を写しているだけのものも多かったが、観光旅行の代替品として人気を得たという側面がある。

明治三三年（一九〇〇年）、中国で義和団の乱が起こり、日本軍も参戦する。これに付随して日本の映画会社がカメラマンを派遣し、記録映画を撮影、『北清事変活動大写真』と題されたこのフィルムが大きな話題を呼んだという。四年後の日露戦争でも、映画のカメラマンが数多く投入され、膨大な数の記録映画が撮られて、これまた大ヒットする。

一九〇〇年代に公開された日本映画のリストを見ると、『日露戦争活動写真』や『日露戦争活動大写真』『日露戦争活動写真会』といった題名が大量にある。『従軍写真』『戦況活動写真』というタイトルも複数ある。これらのフィルムはもう残っていないけれど、こういった戦争記録映画によって、映画というメディアに初めて触れた人も多かったわけだ。明治三八年には『旅順陥落記念活動写真』、『旅順陥落実況　上の巻　下の巻』という作品がある。内田百閒の短篇に『旅順入場式』という作品があるが、あれはおそらくこれらの映画を観た経験がベースになっているのではないか。あの小説の独特の空気は、映画創世記のサイレントフィルムによる異化効果を表しているような気がするのだ。サイレント映画は、観る者に不思議な感覚をもたらす。ボルヘスの盟友ビオイ・カサレスに『モレルの発明』という、立体映画装置のような機械を描いた幻想小説があるけれど、内田百閒の『旅順入場式』は『モレルの発明』の語り手が体験したような、摩訶不思議な感触を小説の言葉にするのに成功している。

そして谷崎もまた同じように不思議な感触を、映画から受け取っていた。その片鱗を『独探』の中から少し引用しておこう。

子供の時分に龍宮城や極楽浄土の噺を聞いて、幼い頭に美しい幻を描いた如く、フィルムの上へまざまざと現れて来る端正な花のような市街の光景や、その街上の壮麗な家屋に棲息する婦人達の、崇高なる容貌と燦爛たる服装や、そう云うものを眺めて居ると、私は自分の魂が遠い夢の世界へ運ばれて行くように思った。(『独探』)

†

初期の映画は映写機とフィルムを持ち運ぶ巡回興行式だったが、そのうちに常設の施設ができて、既成の劇場が映画館へと転向するケースも多かった。浅草六区に映画館が増えていったのも、こういう流れだ。アメリカでヒットした映画も、それほどの時間差なく輸入されるようになり、日本映画の始祖牧野省三と、最初の映画スター尾上松之助らの登場により、国産映画の数も増えてきた。河合譲治が、映画の街浅草のカフェで働くナオミと出会ったのは、このような時代だった。『痴人の愛』には、海外の映画女優の名前が複数登場する。譲治は基本的に映画を女優で観ていたわけだ。

まずはじめに、ナオミと外見が似ているという理由で名前が上がるのがメリー・ピクフォード(メアリー・ピックフォード)。物語登場時のナオミと同い年の一五歳で映画デビューした彼女は、小柄な上に童顔で、可憐な少女役を得意とした、通称「アメリカの恋人」。二〇代で自らのプロダクションを設立し、映画引退後は実業家としても活躍と、かなり有能な人だったようだ。二〇〇本を越えるサイレント映画と幾つかのトーキーにも出演したが、今現在見られる作品は多くはない。サイレント時代の彼女の動画を見ていると、なんとも言えない不思議な感じの人で、今はこういう顔の女優はいない。

ともあれナオミは、ピックフォードに似た少女として譲治の前に現れた。由比ヶ浜の海水浴場で、初めて水着姿になったナオミを見た場面で譲治はこう書いている。

あの活潑なマックセンネットのベージング・ガールたちを想い出さずにはいられませんでした。

（『痴人の愛』四）

マック・セネットはアメリカ喜劇映画の始祖とも言うべき存在で、プロデューサー、監督、脚本家と八面六臂の活躍で、サイレント時代のコメディ映画のフォーマットを作った。舞台俳優だったチャールズ・チャップリンを映画の世界に引き入れたと言えば、その功績の大きさがわかるだろうか。ベージング・ガールたち（Bathing Beauties）とはセネットが自作のコメディにしばしば登場させていた水着美人の集団で、水着を着た若い女性がスクリーンにズラリと並ぶ構図は、今見てもなかなか壮観だ。言うまでもないけれど、この時代の女優は肌の露出が少ない。そこでセネットは、海水浴なら肌が露出しても不自然ではないだろうし、水着ならボディラインもはっきり見える！というロジックで水着の女性を出したわけだ。しかも、どうせ出すなら大量に、という、わかりやすい方針だったから観客のハートをがっちり摑んだ。

この時期の谷崎の、映画に関する随筆を読むと、日本映画で女性の役を女形が演じることに対して、かなり批判的なことを書いているが、谷崎が女形を嫌った理由は明らかだろう、女形では水着姿になれないからだ。映画の芸術性に関して色々と述べてはいるが、根っから女体好きな谷崎にとって、映画はなによりもまず、女性の肢体による目の保養だったはずだ。

セネットの喜劇と水着のベージング・ガールについては、後ほどまた触れる。というのも、後に映画製作に乗り出した谷崎は、セネットの水着美人を自らの手で再現しようとするのだ。ベージング・ガールに続いて、非常に重要な名前が出てくる。

†

その時分私たちは、あの有名な水泳の達人ケラーマン嬢を主役にした、「水神の娘」とか云う人魚の映画を見たことがありましたので、（『痴人の愛』四）

†

ケラーマン。アネット・ケラーマンはオーストラリア出身のスイマーであり女優。女性で初めて、英仏海峡の水泳横断に挑戦したり、アメリカで、当時は珍しかったワンピースの水着姿を披露したら、風紀紊乱のかどで逮捕されたりと、波瀾万丈な人生を送った女傑。美容や健康に関する著作もあって、女性解放史の面から見てもかなり重要な人である。水泳ショーで各地を回るうちに、映画界へも進出した。

この、ケラーマンの肉体が、流石はトップアスリートと言うしかないような、筋肉に包まれた見事なもので、当時の日本には、ちょっといなさそうなタイプの肉体美だから、西洋美人フェチの谷崎にとっては魅力的だったろう。譲治は〈「水神の娘」とか〉と書いているが、実際の日本公開タイトルは『海神の娘』（「Neptune's Daughter」一九一四 ハーバート・ブレノン）である。映画には詳しかった谷崎が、こういう些細なミスをするとも思えないので、これは女優ばかり見て、映画の題名などはあまり気にしないという譲治の性格を描いた巧妙な演出だろう。ちなみに、戦後の日本でも大ヒットした、エスター・

ウィリアムズ主演の映画『百万弗の人魚』(「Million Dollar Marmaid」一九五二 マーヴィン・ルロイ)は、ケラーマンの伝記映画である。

鎌倉旅行の後、肉体関係を結んだ譲治とナオミが、夫婦としての間柄を深めるくだりの会話で、名前が出てくるのがピナ・メニケリとジェラルディン・ファーラー。メニケリは、南欧の名花と呼ばれたイタリアの女優。YouTubeで検索すると、彼女の作品が幾つか見られるが、かなり妖艶な雰囲気を漂わせており、ピックフォードよりは明らかにエロティックな女優だ。

ファーラーは、アメリカ出身のオペラ歌手にして映画女優。ヨーロッパの舞台で成功した後、ハリウッドに招かれてセシル・B・デミル監督の『カルメン』(「Carmen」一九一五)のヒロインを演じている。危険な女、カルメンを演じるくらいだから、こちらも妖艶であり、舞台の人だから貫禄があるというか、肩の辺りの肉付きが立派で、非常に肉感的なカルメンだった。デミルは、晩年の『サムソンとデリラ』(「Samson and Delilah」一九四九)や『十戒』(「The Ten Commandments」一九五六)などのスペクタクル映画で我々の記憶に残っているが、アメリカ映画創世記からの超大物で、この時期には艶笑喜劇とも言うべき女優のお色気を売り物にした作品を多数撮っている。

ナオミと譲治の肉体関係が成立した後から、メニケリやファーラーといったセクシー派女優たちの名前が出てくるのは、なかなか露骨な演出といえる。

ナオミが、浮気相手の若者たちと酔って騒ぐ件で、プリシラ・ディーンの名前が出てくる。この人は舞台俳優の娘で、自らも子供の時から舞台に立ち、一〇代で映画に進出したアメリカ人。サイレント映画に舞台に活躍したが、映画がトーキーに移行してからは活動の場を失った。コメディで人気を得たということだが、写真で見る限り確かに活発そうな印象だ。あの『フリークス』（「Freaks」一九三二）を撮ったトッド・ブラウニング監督のもと、サイレント時代の怪奇映画で「千の顔を持つ男」と呼ばれたロン・チェイニーと共演した『法の外で』（「Outside the Law」一九二〇）という作品がある。

小説の後半でナオミの本性が顕になると、『痴人の愛』という作品にふさわしい名前が登場する。グロリア・スワンソンは晩年まで活動した、日本でもかなり有名なハリウッドの大女優だ。ビリー・ワイルダー監督の『サンセット大通り』（「Sunset Boulevard」一九五〇）では、落ちぶれたかつての大女優という、まるで本人そのもののような役柄を見事に怪演し、圧倒的な迫力を見せた。この人は、キャリア初期にデミル監督と組んだサイレント映画で大スターになった。その辺りの作品については後ほど触れる。

ポーラ・ネグリはポーランド出身でヴァンプ女優と呼ばれた大スター。ヴァンプの語源はヴァンパイア、つまり吸血鬼だ。男の精を吸い取る悪女だ。この人は、チャップリンと婚約したり、夭折したサイレント時代の伝説的な二枚目俳優ルドルフ・ヴァレンティノと浮き名を流したりと、私生活でもスキャンダラスな存在で、『痴人の愛』には出るべくして出てきた名前という感じがする。

ビーブ・ダニエルズもアメリカの女優であり、歌手、ダンサー、ライター、プロデューサーとしても活躍した多才な女性。サイレントのコメディで人気者になり、後年は脚本やプロデュースという形でテレビの世界にも進出している。昔の女優には、こういった演技以外の技能にも長けた人がけっこういる。ダニエルズには、何本かスワンソンと共演した作品があり、デミル監督の『アッフェイアス・オブ・アナトール』（「The Affairs of Anatol」一九二一）を谷崎は見ている。この映画を始めとする、デミル監督とダニエルズ、スワンソンらの映画に関しては、最後にまとめて説明する。

吸血鬼のヴァンパイアから転じて、妖婦・悪女を意味するヴァンプという言い回しが生まれたわけだが、この時代、二〇世紀の初頭には、ヴァンパイアという単語そのものが、悪女を意味する場合が多かったようだ。サイレント時代のフランス映画に『吸血ギャング団』（「Les vampires」一九一五〜一九一六）という連続活劇があって、日本でもヒットしたが、これは女盗賊に率いられた犯罪組織「ヴァンピール」を描く活劇で、つまり、悪い女＝吸血鬼ヴァンパイア、と認識された時代があったということだろう。実際に人の血を吸う妖怪＝吸血鬼の出てくる映画は、サイレント時代のF・M・ムルナウ作品『吸血姫ノスフェラトゥ』（「Nosferatu-Ein Symphonie des Grauens」一九二二）からあるが、ドラキュラ伯爵のようなマントを着た吸血鬼のイメージが定着するのは、おそらくトーキー以降。ベラ・ルゴシ主演、トッド・ブラウニング監督の『魔人ドラキュラ』（「Dracula」一九三一）が世界的にヒットしてからだ。

しかし、『痴人の愛』には、これだけ女優の名前が出てくるのに、男性俳優は怪優と言われたジョン・バリモア（ドリュー・バリモアのお爺さん）に三大喜劇王の一人ロイド、そして「目玉のまっちゃん」こと尾上松之助くらいしか出てこない。そして、なによりも日本映画の話題がほとんど出てこない。尾上松之助の映画はほとんどのフィルムが現存していないが、千本の映画に出演したと言われるほどの人気者。映画の興行は輸入から始まったが、譲治とナオミが出会った頃にはすでに国産映画も数多く作られていた。彼らが出かけたであろう浅草や大森、蒲田辺りの映画館街でも、日本映画はたくさん上映されていたはずだ。ちなみに、作中で尾上松之助の名前が出る場面では、譲治とナオミは、ナオミの浮気癖が原因で決別している状態だ。つまり、河合夫婦が揃っているときには、日本映画の話題はまったく出てこない。ナオミが去って、譲治が一人ぼっちになったときにだけ、日本映画の大スターの名前が出るわけだ。これはどういうことか。最大の理由は、譲治が外国の女優にしか興味がなかったということに尽きる。それなりの分量のあるこの小説の中で、この男が何をしているかというと、自分の妻と外国の女優を脳内で見比べるという作業を延々とやっているのだ。

譲治の欲望と行動の変遷を整理してみよう。おそらくはナオミと出会う前から、この男は外国の映画を好んで観ており、そこに登場する外国の女優に憧れを抱いていた。その後、外国の女優に似たところのあるバタ臭い顔つきのナオミと知り合い、これを引き取ろうとする。彼女との同居が始まってからは、その脳内で、ナオミと自分が魅了された外国の女優とを見比べて悦に入る。以後はその繰り返しで、ナオミがとんでもない浮気女であることが判明し、離縁だ別居だという事態に陥っても、まだナオミのことを思う際には、海外の女優を引き合いに出してしまうのだ。譲治の文章を読む限り、外国の女性への憧れが極端に強く、はなから外人女優の肢体を目で堪能するために映画を見ていたふしもある。こういう人に、日本の映画を薦めてもしょうがない。

日本映画の創世記は歌舞伎の影響が大きく、女形が女性役を演じるケースが多かった。どんなに演技が上手くても女形は男だ。譲治は女性を顔の造作のみならず肢体・フォルムで観察する人なので、当然のことながら男性が女役を演じる日本の映画には不満があったろう。

譲治の理想は白人であるが、現状の自分が白人女性と結婚できる可能性は少ないことも本人は自覚している。だからこそ、手の届く範囲内で限りなく白人に似ているナオミが必要だったわけだ。徹底した白人崇拝の夢追い人でありつつ、己の手が届く範囲で可能な限り妥協できるリアリストがここにいる。

彼の、そんなリアリストぶりは、二人がカフエエ・エルドラドオで浜田や熊谷たちと共に、帝劇の女優だという春野綺羅子と出会ったくだりに、はっきりと現れている。

✝

こう云う場合、「この女はナオミに比べて勝っているか、劣っているか」と、私は自然、ナオミの美しさを標準にしてしまうのですが、今浜田の後から、しとやかなしなを作って、その口もとに悠然と自信のあるほほ笑みを浮かべながら、一と足そこへ歩み出た綺羅子は、ナオミより一つか二つ歳かさでもありましょうか。が、生き生きとした、娘々した点に於いては、小柄なせいもあるでしょうが、少しもナオミと変りなく、そして衣装の豪華なことは寧ろナオミを圧倒するものがありました。（『痴人の愛』十）

✝

最初から品定めの視線である。この男はおそらく、女性に対する己の審美眼・鑑賞力には並々ならぬ自信があって、映画を観るときも、会合で人と会うときも、目利きの鑑定士が美術品を見るような気分で接しているわけだ。

✝

ナオミは為る事成す事が活潑の域を通り越して、乱暴過ぎます。口の利き方もつんけんしていて女としての優しみに欠け、ややもすると下品になります。（『痴人の愛』十）

✝

同居する中でナオミに抱いた不満がさり気なく語られるところは可笑しい。こういう部分を読むと、風変わりな関係に見える彼らも、わりとありきたりの夫婦だったのではないかと思ってしまう。ただ、譲治の眼差しは、やはり鑑賞家・鑑定士のそれである。

†

要するに彼女（ナオミ）は野生の獣で、これに比べると綺羅子の方は、物の言いよう、眼の使いよう、頸のひねりよう、手の挙げよう、総べてが洗練されていて、注意深く、神経質に、人工の極致を尽して研きをかけられた貴重品の感がありました。（『痴人の愛』十）

†

この前後のくだりを読みながら思うのは、譲治は、もし綺羅子が手に入るのなら、いとも簡単にナオミを捨てるのではないかということである。ここまで即物的に女を見ている彼ならば、何のためらいもなく乗り換えるだろう。そういえば、谷崎は生涯で三回結婚している。

観察力が鋭いから、比較対象の綺羅子が目の前にいる際、譲治の眼差しは必然的にナオミの欠点までも抉り出してしまう。実際、綺羅子とナオミが同席する場面では、ナオミの下劣さ、品のなさがクローズアップされる。その詳細をクローズアップするのは、もちろん譲治なのだ。誠にいやらしい視線の持ち主だが、一方のナオミはこの時すでに学生たちとの浮気に耽っているわけで、どっちもどっちな夫婦である。

五　谷崎潤一郎の映画観について

譲治が日本映画にあまり興味がない理由は、ひとえにその性癖、西洋女好みによるものだろう。だが『痴人の愛』の中で、日本映画が無視されがちな理由はそれだけではない。ナオミもまた、譲治と同じように西欧趣味の権化ではあるが、白人女性とダンスをする際に相手の体臭を嗅いでうっとりしてしまうほど、筋金入りの倒錯者であるした譲治とは違い、とりわけ西欧の男性にのみ惹かれているような描写はない。

大正年間に谷崎は、映画に関するエッセイを幾つか発表している。大正六年の「活動写真の現在と未来」では、

予は別段、活動写真に就いて深い研究をしたこともなければ、廣い知識を、持って居る訳でもない。

（「活動写真の現在と未来」）

メアリー・ピックフォード

と断りながらも、こう続ける。

しかし久しい以前から熱心なる活動の愛好者であって、機会があればphotoplayを書いて見たいとさえ思って居た。その為めに二三冊外国の参考書を読んだ事もあり、日活の撮影所などを見せて貰った事もあった。（「活動写真の現在と未来」）

ここでいうphotoplayというのは劇映画の古い言い回しで、おそらく脚本を書いてみたいということだろう。この時代、映画はまだかなり下世話な見世物で、まともな大人が取り組むような仕事ではなかった。そんな時期に、映画についての外国の参考書を読んでいるのである。谷崎はこの数年後、誘われて映画製作に関わるが、それ以前からやる気満々だったのだ。

彼が見学したという日活の撮影所とは、おそらく隅田川のほとりにあった日活向島撮影所だろう。日活＝日本活動フィルム株式會社（後に日本活動寫眞株式會社・日活株式会社・株式会社にっかつ）は、明治四五年に横田商會、吉澤商店、合資会社福寶堂、M・パテー商会という四つの会社が合併してできた日本最古の映画会社である。『ドグラ・マグラ』の作家夢野久作の父親にして右翼の大物だった杉山茂丸の別荘地だった土地に、ガラス張りの撮影所が作られたのは大正二年。谷崎が見学した時点では、新派ものと呼ばれる現代劇を製作し、トルストイの『復活』を原作とした『カチューシャ』などのヒット作を生み出していた。当時はフィルムの感度が低く、撮影には大量の光が必要とされたので、ガラス張りのスタジオが建てられたのである。

この短い文章の中で谷崎は、映画が、将来的に演劇や絵画に並び称される芸術になりうる可能性があることを述べている。つまり、この時点での映画は、少なくとも芸術ではなかったのだ。一九世紀末に誕生した映画は、短期間で世界のあちこちに広まったが、基本的には動く写真という体裁の見世物だった。ただ、新しいメディアとして、映画はあまりにも魅力的だったので、この見世物を芸術の域に高めようという考えを持つ者が世界中に現れた。

イタリアの映画理論家リッチョット・カニュードは一九一一年(明治四四)年に『第七芸術宣言』を発表している。これは、建築・絵画・彫刻・音楽・舞踏・文学という六種類の芸術に続いて、これらをつなぎ包括するものとして誕生した第七番目の芸術、それが映画なのだ、という主張である。確かに、カニュードが言うように、映画には、他の芸術の要素を内包する側面がある。

こういった、映画を芸術に高めようという運動は幾つかの映画先進国で起きており、映画の故郷たるフランスやドイツでは、高い芸術性を意図した映画が生まれつつあった。谷崎はおそらく、こういった動向をある程度知っていて、日本でも芸術的な映画を興せないかと考えていたようである。

翻って、当時の日本で主流だったのは、歌舞伎などの舞台作品をベースとしたチャンバラ映画や忍術映画であり、それらの主人公を演じたのが尾上松之助である。谷崎はどうやら、当時の日本映画に対して少なからぬ不満を抱いており、自らの手で芸術性の高い日本映画を確立したいという野心があったようだ。実際、この短い文章の中で谷崎は、当時のスターだった尾上松之助や立花貞二郎の映画に対して不満を述べている。

立花は歌舞伎から新派を経て映画に身を投じた女形であり、『カチューシャ』でもヒロインを演じている。日本のメアリー・ピックフォードと呼ばれるほどの人気を博したが、どれほど艶やかであっても男は男、女性の肢体を愛でるのが大好きな谷崎にとっては不満だったのだろう。ナオミがメアリー・ピックフォードに似ているという設定も、当時の立花人気に対する当てつけのような気持ちがあったのかもしれない。

日本映画への批判と同時に、谷崎は非常に興味深いことを書いている。

✝

写真劇が、いかなる場合にも真実らしいと云う事は、同時の其れが芝居よりもっと写実的な戯曲にも、もっと夢幻的な戯曲にも適して居る事を証拠立てる。写実劇に適する事は説明する迄もないが、例えば全く芝居にする事の出来ないダンテの神曲とか、西遊記とか、ポオの短編小説の或る物とか、或いは泉鏡花氏の「高野聖」「風流線」の類（此の二つは嘗て新派で演じたけれど、寧ろ原作を傷つけるものであった。）は、きっと面白い写真になると思う就中、ポオの物語の如きは、写真の方が却って効果が現れはせぬかと感ぜられる。――たとえば「黒猫」「ウィリヤム、ウィルソン」「赤き死の仮面」など、――（「活動写真の現在と未来」）

✝

新派に対する当てこすりを挟みながらも、自分の小説は挙げずに、ポーや鏡花の作品名を出すあたり、谷崎の映画に対する本気の具合が感じられる。これらは、要するに怪奇・ファンタジー路線の映画である。後に、円谷英二という才能を得て日本の特撮映画は大いに外貨を稼ぐことになるし、二一世紀にはハリウッドの大作映画はＣＧＩを多用したＳＦファンタジーばかりになるので、谷崎の意見は彗眼といって良いだろう。

さらに谷崎は、映画化にふさわしい題材として『平家物語』や『竹取物語』も挙げている。

たとえば平家物語のようなものを、実際の京都や、一の谷や、壇の浦を使い、当時の鎧衣装を着けて撮影したなら、恐らく「カオ、ヴァディス」や「アントニィとクレオパトラ」にも劣らないフィルムが出来るだろうと思われる。平安朝の竹取物語なども、トリック応用のお伽話としては絶好の材料である。（「活動写真の現在と未来」）

†

イタリア映画創世記の巨匠エンリコ・グァッツォーニが監督した『クォ・ヴァヂス（何処へ行く）』（「Quo Vadis?」）は一九一二年（大正元年）に、『アントニーとクレオパトラ』（「Marcantonio e Cleopatora」）は一九一三年（大正二年）の作品で、各々翌年には日本で公開されている、どちらも、重厚な造りの本格的な史劇である。創生記のイタリア映画には、こういった史劇の大作が多かった。大昔からの巨大な遺跡が数多く残っている土地柄なので、それらを舞台にして衣装を揃えれば、かなり迫力のある映像が撮れたわけだ。

『竹取物語』に関してトリック撮影、つまり特撮に言及しているのは非常に興味深い。簡単なコマ落としなどを用いたトリック撮影は、映画の創生記からあった。もともとは興行師だったジョルジュ・メリエスは、路上の風景を撮影中にカメラが止まってしまい、撮影していた被写体が突然消え失せるというアクシデントに遭遇する。撮影したフィルムを現像すると、スクリーンに映しだされたのは走っていた車が突然消え失せるという不可思議な映像――コマ落とし撮影の発見である。このアクシデントに発想を得たメリエスは、数々のトリック撮影を使った『月世界旅行』(「Le voyage dans la Lune」一九〇二)などで世界中にその効果を知らしめた。いわゆる特撮映画の誕生だ。

日本映画の父と呼ばれる牧野省三も似たようなカメラトラブルからコマ落としを発見したという話があり、尾上松之助の忍術映画でも初歩的なトリック撮影は多用されていた。トリック撮影は映画の華であり、谷崎も忍術映画でドロンと消え失せる松之助の映像を見ながら、この不可思議な技術に興味を持っていたのだろう。

谷崎がこの随筆を書いたその年に、枝正義郎というカメラマンがトリック撮影を駆使して『西遊記』という映画を撮っている。残念ながらフィルムは現存していないが、枝正がこの作品で行なった撮影は、それまでの牧野らが使っていたトリック撮影を技術的に凌駕しており、孫悟空が雲に乗って空を飛ぶ移動撮影などは大層な迫力があったという。話題になった作品なので谷崎もおそらく観ていたろう。

興味深いことに、枝正義郎は、少し後に花見の席で知り合った一人の若者を映画界に引っ張り込む。神田の電機学校の夜間に通いながら、玩具会社で新商品を開発する仕事で禄を食んでいたこの若者が、後の円谷英二(当時は本名の英一)である。枝正の門下で技術を身につけた円谷は、大正一五年に女形出身の映画監督、衣笠貞之助の作品『狂った一頁』に撮影助手として参加する。この作品は、純粋芸術を目的とした、おそらくは日本初のアヴァンギャルド映画であり、原作・脚本には谷崎ともゆかりのある川端康成が参加している。今観ると多少退屈ではあるが、これは本当に斬新で前衛的な作品で、日本映画の芸術性を一気に高めたが、この頃には谷崎自身は映画から距離を置いていた。勢い込んで映画界に乗り込んだ谷崎だったが、映画との蜜月はごく短かったのである。後に『ゴジラ』（一九五四）等の特技監督により、世界の円谷と呼ばれることになった円谷英二の活躍については、ここで詳しく語る必要はないだろう。『竹取物語』の映画化は、円谷も構想していた。

円谷は海外に名を売ったけれど、谷崎も、『竹取物語』や『平家物語』をちゃんと映画化すれば海外に売れるだろうという考えを持っていた。自分の小説をさし置いて、泉鏡花の作品を映画化に向いているとした見方も考慮すると、谷崎にはプロデューサーの資質があったことがわかる。映画を芸術として高めたいというようなことを言いながら、日本らしさをアピールすることによる外貨獲得まで視野に入れているのだ。谷崎の伝記を読むと、若い頃に実家が傾き、お金では苦労をしたらしい、その反面、作家として成功してからは贅沢もしたという。つまり、たくさん稼いでたくさん使うタイプの人間だ。

作家としての谷崎は芸術至上主義で知られるが、随筆などを読んでいると、清貧に甘んずるタイプの芸術家でないことがよくわかるし、お金を稼ぐことをしっかりと考えている。現代でいうと、『芸術起業論』を書いた村上隆に似た発想の持ち主だ。こういう人は、芸術と金儲けが矛盾しないからプロデューサーに向いている。

実際、映画創生記に谷崎が抱いたビジョンは、彼が映画業から手を引いた後、有能な後進たちによって実現されている。谷崎が映画化に向いているとした泉鏡花の作品は、戦前戦後を通じて何度も映画化されている。そして、谷崎自身の小説も、処女作たる『刺青』から『痴人の愛』、『春琴抄』そして『細雪』に『卍』とまあ、何度も映画になっている。

谷崎より二回りほど若い映画プロデューサーの永田雅一は、溝口健二や黒澤明といった日本映画史上、屈指の名監督たちと組んで、『西鶴一代女』（一九五二）や『雨月物語』（一九五三）、それに『羅生門』（一九五〇）といったコスチュームプレイによる歴史劇を映画祭へ送り出し高い評価を得た。

大映の社長であり、日本ダービーを制したサラブレッドの馬主であり、戦後プロ野球のオーナーでもあった永田は、ブルドーザーのような馬力で戦後の日本を駆け抜けた怪物的な実業家であったが、自身は芸術的素養がないにもかかわらず（黒澤が『羅生門』を撮った際には「サッパリわからん」という理由で、プロデューサーの永田が試写の途中で席を立ったという伝説がある）、溝口や黒澤、衣笠貞之助といった、気難しい芸術家気質の映画人に出資して、結果的に日本映画の発展と海外進出に多大な貢献をしている、極めて懐の深い人物だ。ヴェネツィア国際映画祭で銀獅子賞、イタリア批評家賞を受賞した溝口の『雨月物語』は、言うまでもなく上田秋成の古典が原作だが、谷崎も『雨月物語』の中の『蛇性の婬』を映画化している。黒澤の『羅生門』の原作は、谷崎とも親しかった芥川龍之介の『藪の中』だ。

永田率いる大映が吉村公三郎監督で『源氏物語』（一九五一）を映画化した際には、監修に谷崎を招聘しているし、大映は増村保造監督などで谷崎作品を何度も映画化しているから、谷崎が書いた映画にまつわる数々の文章を永田が読んでいた可能性はある。永田はまた、己の立場を利用して、愛人である女優の主演映画を作ったりして、世間の顰蹙を買ったりもしている。この点でも、義妹を主演女優にして映画を撮った谷崎とは共通しているわけだが、谷崎の映画製作に関しては後で詳しく検証する必要があるだろう。

谷崎は大正七年に『人面疽』という怪奇小説を書いている。人体に人間の顔のような腫物ができるという人面瘡・人面疽についても、古くからの言い伝えがあったようで、江戸時代の仮名草子作家、浅井了意の『御伽婢子』などにも記述がある。谷崎は、映画という新しいメディアを描いた短篇の中に、人面瘡という古い伝承の怪異を盛り込んだわけだ。

歌川百合枝は、自分が女主人公となって活躍して居る神秘劇の、或る物凄い不思議なフィルムが、近ごろ、新宿や渋谷辺のあまり有名でない常設館に上場されて、東京の場末をぐるぐる廻って居るという噂を、此の間から二三度耳にした。（『人面疽』）

冒頭の一節である。一種の都市伝説から始まっている。都市伝説（アーバンレジェンドもしくはアーバンフォークロア）という概念は、フランスの社会学者エドガール・モランが一九六六年に書いた『オルレアンのうわさ――女性誘拐のうわさとその神話作用』という本によって生まれた。一九八一年にはアメリカのジャン・ハロルド・ブルンヴァンが『消えるヒッチハイカー――都市の想像力のアメリカ』を書き、その後、日本でも翻訳されて一部の好事家に人気を博し、時間をかけて広まり今に至る。もちろん、昭和四〇年に死んだ谷崎が、都市伝説という概念を知っているわけがないのだ。にもかかわらず『人面疽』は、極めて都市伝説的な小説である。二〇世紀末に映画化されて大ヒットを飛ばした鈴木光司の『リング』や、その後日本映画を席巻したいわゆるJホラーと通底する現代性がある。この先駆性はさすがというしかない。

ごく個人的な見方だけれども、僕は『痴人の愛』以前の谷崎作品がそれほど好きではない。もちろん、光るものはあるが、耽美的な小説は風化しやすいし、谷崎が初期に書いた悪魔主義と言われる類の作品は、後に江戸川乱歩が書いたエログロ・モダニズム小説の下敷きとなるためにあったのではないかとも考えている。実際、江戸川乱歩は谷崎から多大な影響を受けているように見えるし、ほとんど盗作といって良いくらいに似たような作品も書いている。

具体的なタイトルを上げると、乱歩の『パノラマ島奇談』は、谷崎の『金色の死』のいただきだろう。ただ、この二つの作品を読み比べると、『パノラマ島奇談』の方が物語の装置が派手なぶんだけ大衆的で面白い。どちらかを後世に残すとしたら、乱歩の方でいいような気もする。それに、『金色の死』にしてからが、おそらくはエドガー・アラン・ポーの『アルンハイムの地所』の影響下にあるのだ。初期作はベタな美文調が鼻につく。格調の高い美文に徹するのなら泉鏡花という怪物には及ばないし、大衆性なら乱歩だろう。この頃の谷崎は優れた部分はありながらも、どこか据わりの悪い書き手だった。

新しいもの好きの谷崎には、とにかく新規なものに鼻が利くという才能があった。映画をネタにした小説など山ほどあるが、映画創生記のこの時代に『人面疽』のような、映画というメディアが孕む、悪夢のような忌まわしさを書きえた人はあまりいないのではないか。ホラーや実話怪談のテイストを先取りできるセンスはやはり非凡だ。『人面疽』は映画化の企画もあったようだが、作中の表現を見る限り、これは非常に難しい。今のＣＧを駆使しても、谷崎の表現を映像化できるかどうか微妙なところだろう。これは映画監督としての僕の意見。その『人面疽』の中には、こんなくだりがある。

†

笛吹きの乞食の役の、深刻を極めた演出と云い。腫物になってからの陰鬱な、物凄い表情と云い、先ずあの男に匹敵する俳優は、『プラアグの大学生』や『ゴオレム』の主人公を勤めて居るウェエゲナアぐらいなものでしょう。（『人面疽』）

†

『プラーグの大学生』（「Der Student von Prag」一九一三）は、『アルラウネ』（「Alraune」一九一一）などで知られる作家ハンス・ハインツ・エーヴェルスの原作を、デンマーク出身のシュテラン・ライが監督したドイツ映画の傑作で、谷崎が映画化に向いていると書いたポーの『ウィリアム・ウィルソン』とも共通する、ドッペルゲンガー＝分身を主題とした作品。これがよほどヒットしたようで、一九二六年と一九三五年にもリメイクされている。一九二六年版の方は、これまた谷崎の心を摑んだドイツ表現主義映画の代表作『カリガリ博士』で眠り男を演じた、サイレント時代の大スター、コンラート・ファイトが主演している。

谷崎もかなり気に入ったらしい主人公の俳優ウェエゲナア（パウル・ヴェゲナー）は『ゴオレム』（「Der Golem」一九一五）では、主演のみならず監督もこなしている。こちらも相当にヒットしたのか、ヴェゲナーは一九一七年と一九二〇年にもゴーレムの映画をリメイクしている。一九二〇年の『巨人ゴーレム』（「Der Golem, wie er in die Welt kam」）は、フィルムが現存しており、日本でもソフト化されている。これらは、ユダヤの伝説にある動く泥人形＝ゴーレムを主題にしており、日本の『大魔神』（一九六六）にも影響を与えた。ロボット物のルーツでもあり、怪獣映画の先駆でもある。

この二本のドイツ映画は、前年に書かれた『活動写真の現在と将来』で語られた、怪奇、幻想、ホラー、ファンタジー映画系の作品で、なおかつ高い芸術性を達成しており、ドイツの映画産業が巨大化するきっかけにもなった。これらは谷崎の映画への欲望をかなり刺激したようだ。『人面疽』を発表した二年後、谷崎は実際に映画の制作に乗り出す。

谷崎が書いた、もしくは関わった映画の脚本は、『アマチュア倶楽部』の他に、泉鏡花の原作を脚色した『葛飾砂子』、オリジナルの原作を書き下ろした『雛祭の夜』、上田秋成の『雨月物語』の一話を脚色した『蛇性の婬』があり、他に映画化予定であったけれど実現しなかった『月の囁き』という作品がある。残念なことに、映画作品はどれもフィルムが現存していない。古い映画のフィルムは可燃性であり、なおかつ戦火で燃えたものもあって、明治から大正、昭和初期の日本映画の保存状況は、第二次大戦の戦勝国でもあった欧米の各国と比べてかなり悲惨だ。鏡花の小説を谷崎が脚色したことになる『葛飾砂子』には興味がそそられたが、これは脚本すらも残っていないのだ。無念である。ただし、谷崎とも縁のあった映画評論家の淀川長治は、この作品を観ており、「日本映画のオールタイム・ベスト」に選ぶほどの絶賛をしている。また、この作品の撮影中には、谷崎と原作者の泉鏡花が屋形船を仕立てて撮影見学に来たという逸話も残っている。

谷崎が最初に関わった映画といえば、義妹の葉山三千子が主演した『アマチュア倶楽部』なのだが、これの脚本は全集には収録されていない。調べたところ、『資料谷崎潤一郎』（紅野敏郎・千葉俊二編、桜楓社、一九八〇）という本に収録されている。『アマチュア倶楽部』のシナリオは、谷崎が書き下ろした原作に監督のトーマス栗原が手を入れ、撮影用台本の体裁に書き直したものである。谷崎一人の筆によるものではないことが、全集に収録されなかった理由だろう。

なにしろ日本映画創生記の作品であり、脚本の書き方も現在のようには確立されていない時代だけれど、フェイドイン、フェイドアウトなどの映像効果も書き込まれており、残されたスチールと合わせると、完成した映画の全貌がかなりはっきりと想像できる。音楽の場合、楽譜さえ残っておれば、同じ音楽をほぼ完璧に再現できるだろう。映像は、俳優や演出、撮影などの要素に大きく左右されるので、脚本からの完全再現は不可能だ。とはいえ『アマチュア倶楽部』に関しては、谷崎と栗原がこの作品で何をやろうとしていたかは、かなり明確に摑める。なぜかというと、作り手たちの狙いが明確だったからだ。

結論から言うと、『アマチュア倶楽部』は、当時から日本でも人気のあったチャップリンやマック・セネットのドタバタコメディを露骨に意識して作られている。つまり、セネット喜劇に登場するベージング・ガール（水着美人）を葉山三千子が演じるわけだ。

しかも、脚本には書かれていないが、上映に際しては、本編の前に谷崎潤一郎その人が登場して、プカーっと煙草の煙をくゆらせるという戯けた一場面があったというから驚きだ。後年のヒッチコックも顔負けの道化を、気鋭の作家である谷崎が演じたわけで、それで観客に訴えかけるだけの知名度が当時の谷崎にはあったということか。小説の映画化に際して、その一場面に原作者が出演するのは珍しい話ではない。市川崑監督の『金田一耕助』シリーズに横溝正史が旅館の主役などで登場しては、その微妙な演技力で観客を苦笑させていたことも思い出される。ただし、基本的に原作者というのは、それなりに偉い人なわけで、この時の谷崎ほど客寄せパンダ的な出演の仕方をした作家というのはちょっと珍しいのではないか。

しかし、谷崎は芸術性の高い映画を目指していたはずではなかったか。いきなり他愛のないコメディを最初に撮ったのはどういうことだろう。ここには、谷崎と栗原たちの微妙な計算が感じられる。映画の撮影にはけっこうな費用がかかるし、面と向かって芸術性を謳いあげた映画を作るのは危険だと判断したのか。谷崎は実家の没落で若い頃に経済的な苦労を味わった経験があり、お金には慎重なところがある。せっかく映画製作を始めるというのに、記念すべき第一作がヒットしなければ、その一本限りで頓挫する可能性があると考えたとしてもおかしくない。本人も、映画に関して自分は素人であるという不安を少なからず抱えている。そこで、のちのち本格的な芸術映画を作ってゆくための、言わば腕試しとして、当時日本でもヒットしていたマック・セネット喜劇の模倣に挑んだのではないか。また、監督のトーマス栗原が、『アマチュア倶楽部』に先立つ作品でチャップリン作品の模倣をし、喜劇作品の腕を磨いていたというのも、喜劇を選んだ理由の一つではあろう。

ともあれ、映画はヒットしてこそ、そのためには水着の美人だ！　マック・セネットの喜劇がヒットしているから、それをそのまま真似しよう！　どうせなら、せい子を女優にしてしまえ！――というところだろう。まことに下世話な発想だけれども、栗原監督や大正活映の経営陣も含めて話し合いがなされたはずだが、結果的に谷崎の思惑が大きく反映されているような気がする。

なぜかというと、驚くべきことに『アマチュア倶楽部』という作品が、その数年後に書かれる『痴人の愛』と深く関わっているのがわかったからだ。

ここで『アマチュア倶楽部』のおおまかな構造を見てみよう。

まず、この作品の登場人物は、三つのグループに分けられる。まず、葉山三千子が演じるヒロインの三浦千鶴子とその家族。彼らは鎌倉の旧家の住人だ。

二つ目のグループは、村岡繁という若者と、その友人たち。彼らは素人演劇を企画しており、その舞台が題名となった「アマチュア倶楽部」なわけだ。ちなみに、繁の父親は彼らの演劇公演に反対しており、これが後半のドタバタにつながる。三つ目のグループは泥棒と警察である。この泥棒の介入によって、千鶴子の家族と繁のグループが、映画の後半で合流することになる。

冒頭は由比ヶ浜の海水浴場。ここで千鶴子こと葉山三千子の水着姿がたっぷりと映しだされ、海辺で騒ぐ繁と仲間たちとの出会いも描かれる。浜辺にあった千鶴子の着物を、滑稽な泥棒が盗むという描写もあって、出だしは好調だ。

この後、千鶴子は自宅に帰り、繁たちはアマチュア倶楽部の舞台を準備する流れで二つの動きが平行して描かれる。これは当時の日本映画としてはかなり斬新な構成ではないか。監督のトーマス栗原は、モンタージュの生みの親とも言われるトーマス・H・インスのもとで俳優修業をした人なので、インスやグリフィスが使っていたモンタージュの技法を心得ていたのだろう。

そして歴史のある旧家で、先祖伝来のお宝がたくさんある三浦家に泥棒が入る。それを見つけた千鶴子が先祖伝来の鎧兜をかぶり、薙刀を振り回して泥棒を追いかけるという派手なアクションがある。これがちゃんと演出できていたなら、当時の観客はかなり爆笑したはずだ。

また、アマチュア倶楽部の素人演劇も思わぬトラブルに見舞われる。予定より早く帰ってきた繁の父親が、息子たちの舞台に乱入するのだ。息子たちの勝手な行動に激怒した繁の父親と驚いて逃げ惑う素人俳優たちの追いかけっこになり、泥棒を追いかけていた千鶴子、さらにそれを追う千鶴子の父や警官たちとも鉢合わせになって、てんやわんやのドタバタ喜劇が繰り広げられる。

もちろん泥棒はお縄になり、千鶴子と繁の二人がなんとなく良い雰囲気になって終了。本当に他愛もない話だけれど、当時のアメリカ喜劇をかなり研究しているのがわかる。

『痴人の愛』の読者として見逃せないのは、何よりもまず水着の葉山三千子が、譲治と海水浴に行った際のナオミとイメージがかぶることである。

†

その時分私たちは、あの有名な水泳の達人ケラーマン嬢を主役にした、「水神の娘」とか云う人魚の映画を見たことがありましたので、

「ナオミちゃん、ちょいとケラーマンの真似をして御覧」

と、私が云うと、彼女は砂浜に突っ立って、両手を空にかざしながら、「飛び込み」の形をして見せたものですが、（『痴人の愛』四）

†

先ほども書いたが、残された『アマチュア倶楽部』のスチール写真を見ると、主演の葉山三千子が、ここでのナオミと同じポーズをとっている。谷崎はどうやら『アマチュア倶楽部』の一場面を『痴人の愛』の中で再現してみたらしい。そんなに、このポーズが好きだったのだろうか。

そして何よりも、冒頭で描かれるヒロインと若者たちの戯れる姿が、どことなく『痴人の愛』の中盤、酒に酔ったナオミが、浜田、熊谷、関、中村という浮気相手の若者たちを引きつれて歩き、後をつけてきた譲治に尻軽女の正体を暴かれる、あの重要な場面を思い起こさせるのだ。もちろん、鎌倉の同じ由比ヶ浜の海岸が舞台である。ということは『アマチュア倶楽部』は『痴人の愛』を書くためのロケハンになったのだろうか。ともあれ、この映画は『痴人の愛』を考える上で、無視できない作品のようだ。

ナオミにモデルがいること、そしてそれが義理の妹であることなどは、割合よく知られているし、谷崎自身も『痴人の愛』を「私小説」と称している。とはいえ、僕が興味を持っているのはあくまで彼の小説なので、ナオミにモデルとされる葉山三千子＝せい子に関しても深く掘り下げるつもりはなかった。しかし、彼女が主演した『アマチュア倶楽部』をシナリオを通して観てしまうと、やはりこれは素通りするわけにもいかないようだ。

六 小田原で細君をゆずる

ここで一旦、映画を離れて、谷崎のいわゆる細君譲渡事件について簡単にまとめておこう。登場人物はもちろん谷崎潤一郎と妻の千代子、その妹のせい子、そして谷崎とは親友だったらしい、同時代の重要な作家である佐藤春夫だ。この件は、日本の文学史上でも屈指のスキャンダルで、色んな本に書かれている話だから、僕が知っていることだけをかいつまんで説明する。

基本的に悪いのは谷崎先生である。なぜここで先生と書いたかというと、若き日の谷崎が書いた「『門』を評す」という文章に倣っている。文字通りに『門』を批評したこの文章の中で谷崎は、夏目漱石を漱石先生と呼びながら『門』をこき下ろしている。悪口をいう際に、先に相手を先生と持ち上げておくという、意地悪な喧嘩の手口だ。

もともと、谷崎先生には結婚したいと思う女性がいた。お初さんという元芸者で、お店を経営しており、客だった谷崎とも深い仲だったらしい。この女性にプロポーズしたのだけれど、ていよく断られた。

大正時代の佐藤春夫

彼女には、ちゃんとした旦那《パトロン》がいたからだ。

言い寄られて、断った際のお初さんの行動が、今の我々にはちょっと信じられないのだけれど、自分の代わりに妹の千代子さんと結婚するよう薦めたのだという。大正時代における結婚というのが、今の我々の常識からはかけ離れているのだろうか。妹を推薦された谷崎は、好きなお初さんに言われたとおり、その妹と結婚してしまう。妹なら姉には似ているだろうし、年も若いから良かろう、という感じだろうか。この時、谷崎は三〇歳で千代子さんは二〇歳。悲劇の始まりである。

先生の凄いところは、好きでもない女性と結婚してしまったというのに、結婚した翌年には娘をもうけているところである。やることだけはちゃんとやっている。

鮎子さんという娘が生まれた辺りから、谷崎は千代子さんに対して邪険に振る舞うようになったという。まことに嫌な話だけれども、子供が生まれた途端に、奥さんから気持ちが離れてしまうというのは、俗っぽくてわかりやすい。そもそもが愛のない結婚である。

ここで新たな問題が浮上する。お初、千代子の姉妹には、さらに年下の妹、せい子がいたのだ。ある時期から谷崎は、この義理の妹に目をつけていたらしい。せい子は、ちょうど登場時のナオミくらいの年頃、子供から女に変わる時期である。先生はせい子を、音楽学校に通わせたりしていたから、確かにナオミと譲治の関係に似ている。そしてしまいには、せい子に葉山三千子なる芸名をつけ、映画女優にまで仕立てあげる、ナオミ以上の扱いである。

女優としての葉山三千子は、人気作家の妹ということもあり、マスコミにもけっこう取り上げられていたようで、出演した映画の本数こそ少ないけれど、それなりのキャリアを残しており、大正一〇年に読売新聞が行った、おそらく日本初の芸能人人気投票において、女優部門で六位になっている。このときの一位が上山珊瑚。上山草人の義妹で彼女も谷崎が脚本を書いた『アマチュア倶楽部』や『葛飾砂子』に出演しているから、谷崎の映画活動はちゃんと世間の評価を得ていたのだ。

この辺で佐藤春夫が登場する。谷崎ほどではないが、こちらも女性関係には色々あった人で、当時の奥さんとは上手くいっていなかったらしい。谷崎一家と親しく付き合う中で、夫から邪険にされている千代子夫人を見て、佐藤の気持ちは傾いた。

谷崎はというと、目をつけていた義理の妹せい子＝葉山に手を出してしまう。お初、千代子、せい子と、三姉妹全員と深い仲になったわけだ。後の文豪、非常識にもほどがある。

そして谷崎は、千代子さんを佐藤春夫に譲る決心をする。自分は、せい子と結婚する気でいたのだ。ところが、せい子は義兄との結婚を断る。そして、佐藤春夫と恋愛モードに突入した千代子夫人は、生まれて初めてのロマンスに、今までよりもずっと綺麗に見えたらしい。こと女性関係になると、とにかく面倒な性格の谷崎は、急に綺麗になった我が妻を人に譲るのが惜しくなってしまったという。

話し合いがあり、揉めるだけ揉めて佐藤春夫は谷崎と絶縁する。これが、いわゆる「小田原事件」だ。

佐藤の「秋刀魚の歌」という詩は、この時の心境を詠《うた》ったものだと言われている。

†

さんま苦いか塩つぱいか
そが上に熱き涙をしたたらせて
さんまを食ふはいづこの里のならひぞや

あはれげにそは問はまほしくをかし

†

最終的に、佐藤と谷崎は和解をし、千代子夫人は谷崎と別れて佐藤と結婚する。昭和五年のことだ。そのあらましは新聞などでも発表され、「細君譲渡事件」として大いに世間を騒がせた。この間、谷崎は、千代子夫人を自分の書生だった和田六郎（後のミステリ作家大坪砂男）と結婚させようともしている。この大坪砂男という人も変わった人で、戦後はそれなりの評価を得た作家ながら、ろくに仕事をせず世捨て人のような暮らしをしていたらしい。雑誌の編集者だった頃の色川武大が、大坪の担当者のようなことをしていた時期があり、色川の『花のさかりは地下道で』に、大坪と微妙な距離感のある交友が描かれている。

谷崎と佐藤の一連の出来事は事の発端から数えると一〇年くらいの年月が経っており、その間に谷崎は、大正活映という映画会社の顧問になって脚本を書き、『痴人の愛』を始めとする非常に重要な小説を幾つか書き、後輩で、比較的仲が良かったはずの芥川龍之介と論争もしている。精神的に疲れ果てていたらしい芥川は、その直後に自殺するが、谷崎は死んだ芥川に向けて「いたましき人」という、なんとも意味深で切ない追悼文を書いた。芥川が死んだのは、因果なことに谷崎の誕生日なのである。

譲渡事件のあった昭和五年には、義妹のせい子も結婚し、女優業からは離れている。

この時期以降の谷崎作品は、傑作が連発されているので、長年の問題が落ち着いて、創作に専念していたのだろうか。いや、実は、譲渡事件の翌年に谷崎は古川丁未子という文藝春秋の記者だった女性と結婚し、数年で別居、離婚した直後に三度めの結婚を果たしている。むちゃくちゃである。ちなみに、佐藤春夫もけっこうむちゃくちゃで、千代夫人と結ばれるまでの間に、別の女性と一回結婚している。一〇年に及ぶ出来事の、登場人物のほぼ全員が性と愛の両方に過剰過ぎるのだ。

細君譲渡事件と、その前後の人間関係に関しては、当事者の書簡をはじめとして様々な資料が残されている。他ならぬ佐藤春夫が『この三つのもの』というモデル小説を書いているのだ。そして、谷崎の私設秘書のような存在だった今東光が『十二階崩壊』という自伝小説を書いている。

佐藤の『この三つのもの』に出てくる谷崎（をモデルにした人物）は確かに悪魔のように非常識な変態だが、谷崎との絶交中に書かれたこの作品は、両者の和解をきっかけに中断している。今東光の『十二階崩壊』も、素顔の谷崎が描かれた魅力的な作品ではあるが、記述に偏りがあるため、どこまで真実なのか判断しがたい部分があって、書かれていることを鵜呑みにするのは危険だと思われる。真実は、それこそ芥川の『藪の中』の如くどこまでも不透明なのだし、個人的には真相を知りたいとも思わない。

谷崎の伝記的な事実に関しては、『評伝 谷崎潤一郎』（永栄啓伸、和泉書院、一九七七）があり、『谷崎潤一郎伝——堂々たる人生』（小谷野敦、中央公論新社、二〇〇六）という大変な労作が出版されている。

関係者の中で最も長く生きたのは、せい子＝葉山三千子である。この人は九四歳まで生きた。結婚してからは芸能界を退き、長いこと表には出てこなかったが、最晩年に幾つかのインタビューを受けており、谷崎のことや『痴人の愛』について訊かれると、かなり辛辣な言葉を吐いている（以下、瀬戸内とあるのはインタビュアーの瀬戸内寂聴、和嶋とあるのがせい子である）。

†

瀬戸内　せい子さんは、谷崎さんのことをなんて呼んでいらっしゃるんですか。

和嶋　「兄さん」。和嶋と結婚してからは「親父さん」。うちじゃ「おやじ」と言ってる。佐藤（春夫）のことは「春夫先生」とか。「佐藤さん」。「オジさん」とか。

瀬戸内　佐藤さんのほうが尊敬されてる。谷崎さんをちっとも好きじゃないってほんとですか？

和嶋　そうですよ。あんな背のひくい人好きじゃない。ですから、「結婚してくれ」って言ったけれども、「いやあだよ」と言って断りました。それはそれはがっかりしたような顔をしてしょんぼりしていましたよ。それで急に姉をたいせつにしだした。極端なんだから。

（瀬戸内寂聴『つれなかりせばなかなかに・妻をめぐる文豪と詩人の恋の葛藤』、中央公論社、一九七七）

†

この時、せい子は九一歳。怖いお婆さんだ。昭和五九年に、マガジンハウスが発行していた大判で〈絵のある文芸マガジン〉という謳い文句の雑誌『鳩よ！』が谷崎潤一郎の特集号を出しており、これにもせい子のインタビューが掲載されている（こちらでの表記は「和嶋せゐ」になっている）。

†

――一番最初に谷崎さんに会われた印象は、どんなふうでしたでしょう？

和嶋　元禄袖の着物と短い羽織着て来ましたよ。べつにね、偉い人だとか、有名な人だとか、思いませんから。私あんまり人にびっくりしないほう

――印象はどうでした？

和嶋　私はあんまり好きじゃないから。

――どういうところが？

和嶋　そうね、……あの顔あんまり好きではないですね。それに背の低い人きらいだから。私なんかぼろくそに目の前でもはっきり言いますよ。怒るときは、「あんたなんか小説書くのはうまいけど、人間としてはゼロだから」って、みんな偉い人だと思って、かしこまっていたんでしょうけど。（インタビュアーは『映画と谷崎』を書いた千葉伸夫）

まったく、えらい言われようである。他にも、こんな発言がある。

――自分が小説のモデルになっていたとは思いませんでしたか。

和嶋　べつに思いませんでした。あれのことでしょう（「痴人の愛」）。

――ええ、「痴人の愛」だけでなく、そうとうモデルになっていますよ。

和嶋　そうですか、けしからん。（笑い）

――一九二〇年前後の作品は、ほとんど和嶋さんがモデルでしょう。

和嶋　そんなこともないでしょうけど。

――映画に出る気はなかった？

和嶋　そう、私、映画界がだいっきらいだったんです。

――映画界に入ったのは、谷崎さんに口説かれたんですか。

和嶋　なんか知らないけど、ひと月で終わるってね。試験うけましてね。栗原さん（栗原トーマス監督）の。

―― 谷崎さんが出ろと言ったんですか。

和嶋　出てくれって、適当な人がいないからって。

―― 谷崎さんが映画にかかわった理由は、和嶋さんをスクリーンに写してみたいということが大きいですね。（佐藤春夫の小説「この三つのもの」に書かれている）。

和嶋　私はそんなこと思ってないですよ。

―― 谷崎さんから見るとどうですか。そうだったでしょう？

和嶋　どうですか、それじゃ千葉さんにおまかせしましょう。（笑い）

―― 「アマチュア倶楽部」でスクリーンに写った自分を見てどう思いました？

和嶋　ちっともよくない。写りもよくないし、自分もよくない。映画もひとつもおもしろくないし、ひとつもよくない。

―― メリー・ピックフォードやアンネッテ・ケラーマンなどの外国の女優の真似をしたとか（「痴人の愛」にくわしい）。

和嶋　そんなことありませんよ。

†

けんもほろろ、文豪谷崎のやることなすこと完全否定である。まあ、『痴人の愛』のナオミといえば、日本の文学史上でも並ぶものがいないほどの悪女であり、それのモデルと言われるのは迷惑極まりないだろうし、この人の人生は姉とともに谷崎に振り回されたようなものなので、良く言わない気持ちはわからないでもない。だが、それにしても口の悪い、恐ろしいお婆さんである。

ともあれ『アマチュア倶楽部』の脚本をみる限り、この映画と『痴人の愛』の間には、深い関係性があるように思われる。せい子のインタビューからも、谷崎が映画の脚本のみならず、キャスティングに関わっていたのは間違いない。ここでもう少し、『アマチュア倶楽部』の監督だったトーマス栗原と、谷崎が文芸顧問として参加した「大正活映」という映画会社について、調べてみる必要がありそうだ。

七 横浜のモダンボーイ&モダンガール

昭和二六年に映画評論家の筈見恒夫が出した『映畫五十年史』には、大正九年に、大正活映、帝キネ演藝、松竹キネマという三つの映画会社が設立されたことが書かれている。このうち帝キネ演藝は、東大阪の小阪、谷崎も後に住んだ兵庫県の芦屋、東大阪の永瀬などに撮影所を持ち、昭和六年まで活動していた。

松竹キネマは、当時の東京府荏原郡蒲田村に撮影所を建設した。言うまでもなく、松竹株式会社の前身である。映画会社が三つもできたということは、この大正九年が、黎明期の日本映画にとっては、ひとつのターニングポイントだったのかもしれない。以下に、筈見の文章を引用する

『アマチュア倶楽部』スタッフ集合写真

大正九年に創立された三社は、それぞれ映畫史上に重要な足跡を残してゐるが、先ず。大正活映は、資本金百五十萬圓で。浅野汽船の傍系會社として創立され、横濱山下町に撮影所を持つた。但

し、最初は大正活動寫眞の名で、二十萬圓の資本によつたが、後に改稱、增資したものである。

とんでもない会社名が出てきてしまった。浅野汽船と書かれているが、これは東洋汽船のことで、その前身が京浜工業地帯の父浅野総一郎が創業した海運会社浅野廻漕店である。さらに引用を続ける。

✝

大正活映は、浅野財閥の浅野良三を社長として生れた、謂はば道樂會社に似たものであつた結果としてさう思はせたのであらうが、他の活動寫眞會社が、興行師や、利權屋の寄合世帶の觀を呈したにも拘らず、大活には、金持ちのお坊ちゃん然たる鷹揚さが感じられた。先ず、大活は創立と同時に、新しいアメリカ映畫を契約した。從來の、日活や、天活の大會社が、個人ブローカーから怪しげな作品を買取つたり、上海廻りの古物を輸入したり、年代遅れのアメリカ映畫を安く契約したりするのに引換へて、大活は當時勃興のファースト・ナショナルゴールドウィン、メトロの三大會社と契約し、しかも一九二〇年度作品を、その年の大正九年に輸入公開して好感を興へた。洋畫輸入業者として劃期的なことであった。

✝

浅野良三は浅野総一郎の次男で、谷崎よりは三歳ほど年下になる。東洋汽船から、後には浅野セメント副社長、日本鋼管社長として活躍した昭和の実業家だ。ハーバード大に留学して、卒業後は父総一朗の仕事を手伝うようになったらしい。彼の同窓にはケネディ大統領の父親J・P・ケネディ、セオドア・ルーズベルトの息子で、作家としての著作もあるカーミット・ルーズベルト、コミカルな人気俳優であり新聞のコラム作家でありスピルバーグの出世作『ジョーズ』の原作者ピーター・ベンチリーの祖父でもあるロバート・ベンチリーといった顔ぶれがいた。

大正時代にハーバード留学とは、大変な経歴だ。スケールが大きすぎてちょっと想像がつかないが、浅野総一郎は部下の技術者たちを海外に留学させていた人である。しかし浅野といい栗原といい、海外渡航が今よりもはるかに困難だったというのに、明治、大正の日本人は軽々と海を越えていた。恐るべきバイタリティだ。大正活映が、アメリカの映画会社と契約し、一九二〇年度の最新作を日本に輸入できたのは、この浅野良三と東洋汽船のルートがあったからだろう。

東洋汽船は、自前の客船によって太平洋航路を開いており、外国人乗客のために船内でアメリカ映画を上映していたという。なんという先駆的な事業だろう。これを、ある意味そのまま日本国内へ持ってきたのが大正活映ということか。浅野財閥が、新たな映画会社に出資するというのは、社会的にも大きなニュースだったろう。谷崎は、その大正活映に文芸顧問として迎えられた。それ以前から、映画に芸術的な側面と新興産業としての側面を見出し、きわめてプロデューサー的な視点を持っていた谷崎のことだから、浅野財閥の各会社が何をやっていたのか、知らないわけはない。メルチング・ポットとしての浅草を見つめながら、町の変貌をつぶさに観察していた谷崎である。浅野財閥が東京の湾岸を埋め立てて、新しい街造りを行っていたことも、視野には入れていたろう。それでなくとも、映画には興味とやる気を示していた谷崎が、大正活映から誘われて、断る理由はなかった。

✝

それに就いて思い出すのは、去年の春――たしか三月頃の事であった。或る日、私は大正活映の栗

原トーマス君に始めて横浜で会見する約束があって、午後に小田原を立って桜木町ステーションに着いたのは二時少し過ぎだった。栗原君は停車場へ迎えに出てくれたので、二人は其処からタクシーで山下町三十一番にある同会社の事務所へ向った。（「映畫雑感」）

✝

この「映畫雑感」という文章が発表されたのは、大正一〇年なので、谷崎と栗原の初対面は大正九年の春ということになる。ここから、谷崎と映画製作の短い蜜月が始まる。トーマス栗原について少し説明しておこう。本名は栗原喜三郎、神奈川県は秦野町出身、若くして渡米し、ロスアンゼルスのシーリッグ・スタジオでエキストラ俳優として映画界入りする。そして喜三郎は、彼の人生を大きく変えたであろう人物と出会う。トーマス・H・インスである。若くして死んだために知名度は低いが、インスはサイレント時代のアメリカ映画で活躍した監督であり、プロデューサーであり、脚本家であり、俳優でもあった。とんでもなく多才な男であり、ハリウッドに残した足跡は大きい。少年時代から舞台に立つことでキャリアを始めたインスだったが、映画を製作するための合理的な脚本づくり、撮影を合理的に進めるためのスタジオ造り、フィルムの編集などで、のちの映画界に多大な影響を及ぼした。そのノウハウは、おそらく栗原を通じて、大正活映の映画製作システムにも伝わっていたはずだ。

このインスが一九一四年に、プロデューサーとして、当時アメリカにいた日本人俳優を集めて『The Wrath of the Gods』（日本での公開タイトルは『火の海』）という映画を制作している。監督はレジナルド・バーカー。主役は『戦場にかける橋』などでも有名な早川雪洲と、興行師川上音二郎の姪で子供の時に渡米した青木鶴子、それに『第七天国』（「7th Heaven」一九二七）でアカデミー監督賞を受賞する後の名監督フランク・ボーゼージ、そしてトーマス栗原、さらに栗原より少し遅れて日本に帰り、監督として活躍したヘンリー小谷らが出演している。この作品は、日本では映像発売されていないけれど、フィルムが現存している。つまり、トーマス栗原の監督作品は、ごく一部の断片しか残っていないけれど、出演作は残っているのだ。

僕は数年前にこの作品をインターネット上で観ているが、その時は谷崎潤一郎に縁があるなどとは、まったく思いもよらなかった。これがけっこう面白い映画で、当時のアメリカ映画の実力がよくわかる、上映時間一時間弱の大作である。舞台は、桜島に近い日本の漁村だ。実際、テロップにSAKURAJIMAと出てくるのを確認した。つまり、アメリカに、藁葺きの日本風のセットを建てて、そこをベースに撮影しているのだ。撮影はサンタモニカの渓谷に建てられたセットで行なわれ、エキストラはアメリカ中にいる日本人が呼ばれたともいう。登場人物ももちろん和装である。セットや衣装などの美術面では、おそらく日本人俳優たちの知識や意見が大きく反映されているのだろう。日本風の店屋も作られ、竹の籠や笊などの小道具もよくできている。特に、人力車が出てきたのには驚いた。この人力車を引いているのがヘンリー小谷。トーマス栗原は、『十誡』のモーゼを和風にしたような、怪しげな預言者のタケオを大熱演している。

早川雪洲演ずるヤマキ男爵と、青木鶴子演ずる娘のトヤさんは、海辺の小屋で二人暮らしをしている。台風が来て、沖合にいたアメリカの船が難船する。土砂降りの雨嵐に翻弄される船の描写は凄い迫力だ。ただ一人、生き延びて浜辺に漂着するアメリカ人船員がフランク・ボーゼージで、今見ても甘いマスクの二枚目であります。ボーゼージ演じるトムと、トヤさんとのロマンスがお話のメインだ。恋に落ちた二人は結婚しようとするが、当然のように周囲の反対にあい、預言者に扇動された暴徒が暴れだす……。クライマックスはもちろん桜島の噴火である。百年も前の映画だけれど、今現在の目で見るとどうやって撮影したのか見当もつかないようなスペクタクルシーンがあって圧倒される。

この撮影の後、親子の役を演じた雪州と鶴子は結婚した。栗原の役はかなり重要で、彼がインスに買われていたことがわかる。トーマスの名もインスにあやかったものだ。インスとバーカー監督、雪州というトリオは、続いて『颱風』（「The tyhoon」一九一四）という大ヒット作品を撮っており（撮影は『颱風』が先らしい）これにも栗原は出演している。

アメリカで俳優を始め、後に帰国して活躍した関操によれば、インスは東洋が好きで、彼の撮影所には雪州、青木鶴子、栗原の他にも、木野五郎、吉田実、ジョージ桑原、ジャック阿部（後の監督、阿部豊）らがいたという。ここに、中国で映画を撮っていたロシア系アメリカ人のベンジャミン・ブロドフスキー（もしくはブロツキー）という技師から、日本で映画を撮るために人材を日本に送ってほしいという依頼が来る。そこで大正七年に、木野五郎と栗原が日本に向かうこととなった。インスの映画術を、現場の見よう見真似で学んでいた栗原は、監督として久しぶりに日本の土を踏む。この時、彼らが使った船は春洋丸、これは東洋汽船の大型客船だったから、この時点で浅野財閥が出資していたのは確かだろう。ブロドフスキーは第一次世界大戦後、発展する途上の日本という国に注目していたらしく、大正二年頃にはすでに日本に来ており、横浜山下町にヴァライエティー・フィルム・エクスチェンジ社なる、フィルムと映像機器の販売を行なう会社を開いていた。この、日本だけではなく上海や香港などを行ったり来たりしていたブロドフスキーという人に関しては謎が多く、彼が、いつ出資者の浅野良三と知り合ったのかはよくわからない。だが、この年にブロドフスキーの会社は社名を東洋フィルムに変更しているから、ブロドフスキーと浅野が出会い、最初に行ったのが木野と栗原の招聘だったということか。栗原とブロドフスキーは、この時期、大正七年頃に『成金』と『東洋の夢』という二作品を撮り、アメリカに売り込みにいったが、上手くいかなかったようだ。日本版のチャップリンと呼ばれた中島洋好を主演にした『成金』は、フィルムの一部が後にアメリカで発見され、現在は国立フィルムセンターに所蔵されている。その二八分ほどの断片が、唯一残されたトーマス栗原監督作ということになる。

その後、経緯は不明だけれど、ブロドフスキーは東洋フィルムから手を引き、同社は大正九年に大正活映に生まれ変わる。大正活映の重役は、東洋汽船からの出向社員たちだった。つまり大正活映のバックアップは、浅野良三一人の判断ではなく、浅野財閥を挙げての後押しだったようだ。

決して大きなスタジオではなかったが、トーマス栗原を撮影総監督に、谷崎潤一郎を顧問に迎えた大正活映の夢は大きかった。映画専用の俳優を育成するための、俳優養成所を設けたのだ。舞踊の教師には専門家を招聘し、演技そのものは、ついこの間までアメリカで俳優をやっていた栗原が教えた。そして、この養成所には、様々な才能が流れ着いてくることになる。

谷崎が『新潮』の昭和三〇年四月号に書いた「映画のこと」という文章には、こんな一節がある。

大活には内田吐夢、岡田時彦らがゐた。内田君からはいまでも手紙をもらってゐるが、帰国後の彼にはまだ会ってゐない。井上金太郎は亡くなったが。惜しいことをしたと思ふ。岡田時彦は、大活がはじめると一番さきに入ってきた。大活の発足を新聞で読んで知ってゐたのだらふ。はじまる前に垂れの紹介もなしに、突然私の家へたづねて来て、「是非映画の役者にしてください」といふので。私から栗原トーマスに紹介した。

†

誰から説明すればよいのか、しばし迷ってしまうほど映画史的には重要な名前が並んでいる。井上金太郎は、この一文が書かれる前年、昭和二九年に亡くなったが、大活の撮影所が解散した際に仲間と共に京都に移り、マキノや阪東妻三郎プロダクション、片岡千恵蔵プロダクション、松竹下賀茂などで百本もの映画を撮った監督、脚本家である。

内田吐夢は昭和の大監督。大活解散を機に、盟友井上金太郎と一緒に京都行きの三等列車に乗ったという。第二次大戦の頃、内田は満州に渡り、満洲映画協会に参加する。終戦後、あの甘粕正彦が服毒自殺をした現場にも居合わせたという。中国から復員したのは昭和二九年。それゆえ谷崎は、「帰国後の彼にはまだ会ってゐない」と書いているのだ。その後は『血槍富士』や『飢餓海峡』で、押しも押されぬ大監督となった。

そして、岡田時彦。あまりにも若くして死んだため今では語られることも少ないが、サイレント映画時代屈指の大スターであり、昭和初期を代表するお洒落なモダンボーイであり、戦後の大女優岡田茉莉子の父親でもある。同時代の人気俳優の多くが、阪東妻三郎のような時代劇スターであったことを考慮すると、主に現代劇で人気を博した岡田の存在は大きい。本名は高橋英一で、岡田時彦という芸名は、谷崎と佐藤春夫がつけたという。時系列を考慮すると、千代子夫人をめぐって絶縁する直前の谷崎と佐藤が、小田原の谷崎宅の縁側で、一緒になって彼の芸名を考えたことになる。また、その場にはダダイストの辻潤もいたけれど、辻は寝転がって何もしなかったと岡田自身が書いている。持病の結核が悪化して、三〇歳の若さで彼が亡くなった時は谷崎が弔辞を読んだ。谷崎は時彦のことを相当可愛がっていたようで、娘の岡田茉莉子という芸名も谷崎が命名した。内田吐夢の自伝的著作『映画監督五十年』を読むと、面白いことが書いてあった。

†

私は、その時は未だ撮影所の正式メンバーではなく、ただなんとなくスタジオ通いをしていたが、場面変りの時など邪魔にならぬ程度に、何かと手伝いをして、自然みんなと口を利くようになっていた。

やがて、先生は私の方へ廻ってこられて、

「君は、はじめて見るが？」

と、声をかけて下さった。と、横から葉山嬢が、

「兄さん、この人ったら、押しかけ婿なんですとさ。自分でそう言ってんの。内田さんといったわね？」

「はァ」

私は、ただ黙って頭を下げた。

「ほう押しかけ婿ネ！」

と、先生は笑われた。

やがて、ワン・カット終わって、栗原トーマス先生（ハリウッド帰りの監督）と谷崎先生が私の方

を見ながら、何か話されている様子——私の神経は背中に集中して、ライトの暑いカーボンを取り替えながら、もし、断られたら、と思ったら気が気でなかった。

私は、その時、同じ横浜の西川ピアノ・オルガン製作所の調律の仕事をしていた、しかし、チューニング・キー一本から割り出す単調な仕事の連続に飽きあきしており、ついフラフラと元町の撮影所の門をくぐって、栗原トーマス先生の監督ぶりを見ているうちに、なんだか自分の行く手を見たような気がして、それからというものは、毎日断りなしに撮影所通いをしていた。すると、ある日、葉山嬢が、突然——。

「あんた、誰?何んなの?」

奇妙な問いであった。その頃の葉山三千子嬢は、女王様のような存在に見えていた。

†

なんということか。内田吐夢が映画の世界に入れたのは葉山三千子のおかげだったのだ。しかし、女王様のような存在というのがおかしい。まるでナオミではないか。できたばかりの大活撮影所に葉山三千子は文字通り君臨していたようだ。女王様のような存在、という表現は映画製作の現場を描いた『肉塊』のヒロイン、グランドレンとも重なるものがある。ともあれ彼女の口利きで、そのまま正式なスタッフに採用された内田吐夢は、谷崎のことを「私の最後のたった一人の先生」と呼んでいる。

この三人は『アマチュア倶楽部』に出演している。岡田は本名の高橋名義だが、内田は閑田富というふざけた芸名を付けられている。井上は栗井饒太郎という芸名で、これはおそらく大正三年に谷崎が発表した『饒太郎』という中篇の主人公の名をそのまま使ったのだろう。岡田は、栗原と谷崎の次回作

『葛飾砂子』とその次の『雛祭の夜』には野羅久良夫という芸名で出演しているが、この芸名ではあまりにもひどいということで一旦は本名に戻した。だが、俳優業を父親に知られるのが嫌だったので、谷崎に新たな芸名をねだり、岡田時彦が誕生したという流れだ。俳優、芸能人が河原乞食などと呼ばれていた頃の話である。

そしてもう一人、後の名優が大活には来ていた。数々の映画やテレビドラマに出演し、その晩年にはTBSの特撮番組『ウルトラQ』（一九六六）で一の谷博士を演じた江川宇礼雄だ。僕のような世代は、白鬚の一の谷博士しか知らなかったけれど、たまに古い時代劇を見ると、若い頃の江川が出演していて、その濡れるような美男子ぶりには圧倒される。ドイツ人とのハーフなので、彫りが深く、まさに水も滴るいい男。この顔で、横浜の街を肩で風切って歩く不良少年だったというのだから恐れ入る。

後に監督となり牧野省三のもとで阪東妻三郎主演の大作時代劇『雄呂血』（一九二五）を撮る二川文太郎も、大正一〇年の春に大正活映に参加している。この人も、内田や井上と共に、京都に移って結果を出したくちである。『雄呂血』はフィルムが現存しているが、大勢の捕方を相手にしての立ち回りは凄まじく、サイレント期の時代劇を代表する作品の一つである。彼らは皆、大活に参加した時点では素人だった。文字通りの『アマチュア倶楽部』だったわけだが、素人以外の人材も集まってくる。

繁の姉の役で『アマチュア倶楽部』に出演している女優、紅澤葉子の『「アマチュア倶楽部」の思い出』（キネマ旬報社別冊「日本映画シナリオ古典全集・別冊」昭和四一年一〇月）から、少し引用してみよう。

†

佐藤春夫未亡人の妹さんでらっしゃる葉山三千子さんも、この時、谷崎さんのおすすめで女優さんになられたのです。しかし女優さんは素人ばかりでも困るというので、上山草人さんの奥さんの妹さんで、芸術座のお仕事をしておられた上山珊瑚さんや私が加わったわけです。

†

紅澤は新星歌舞劇団の出身で、大活で銀幕デビューした後、息長く活動を続け、戦後も多くの映画に華を添えている。浅草オペラと新星歌舞劇団については説明が必要だろう。浅草オペラは、第一次世界大戦から関東大震災の頃まで、浅草を中心に若者に絶大な人気を誇った軽演劇である。オペラとはいうものの、あまり格調高いものではなく、ヴェルディの『椿姫』やビゼーの『カルメン』などを演目としつつ、原典の歌劇をグッとくだけた表現にして、踊り子のお色気あり、下世話な笑いありで観客を楽しませることに徹した、バラエティ歌謡ショーというのが適切な表現かもしれない。劇中で歌われる歌曲も、日本語訳というより珍訳、替え歌のようなものだったらしい。そして新星歌舞劇団は、松竹が浅草での和製オペラブームに参入すべく結成した劇団である。

谷崎が、この浅草オペラには深く入れ込んでいた。いや、谷崎だけでなく、佐藤春夫に小林秀雄、宮沢賢治や川端康成など、多くの文化人がこの軽薄な歌舞音曲に魅せられて浅草の劇場に通っていたのだ。世間の人は、この浅草オペラに熱中する不良青年たちをペラゴロと呼んだ。今で言う、アイドルオタクのような存在だ。谷崎の私設秘書だったという今東光や、詩人にして作詞家で後に「ちいさい秋みつけた」や「リンゴの唄」を作詞するサトウハチローらが、典型的なペラゴロだったという。

谷崎は、浅草オペラを舞台にした未完の長篇『鮫人』を書いており、同作品の登場人物のモデルは、上山草人や辻潤だったと言われているし、谷崎本人が投影されているかのような小説家まで登場する。

ちなみに、奇行で知られた辻は、浅草オペラの舞台に立ったこともあり、その時の客席には谷崎もいたし大杉栄もいたという。そんな背景があるので、谷崎の嫌った新派ではなく、新興の浅草オペラや、上山草人のルートから人材を引っ張ってくるというのは筋が通っている。紅澤の孫、三山喬がつい最近出版した祖父母の伝記『夢を喰らう——キネマの怪人・古海卓二』（筑摩書房、二〇一四）によれば、紅澤はこの頃、新星歌舞劇団を退団して雑誌の編集部でアルバイトをしていたが、その出版社が出していた映画雑誌の求人広告を見て大活に応募したという。舞台での紅澤のキャリアは長いものではなかったが、他が素人ばかりなのを考えると、人前に立つ経験のある彼女は充分戦力になったろう。紅澤は、戦前戦後を通じて脇役として多数の映画に出演し、吉村公三郎、小津安二郎、木下恵介といった名匠の作品に花を添えた。

谷崎と上山草人とは、心底仲の良い友人だったようで、かなり親密な交流があり、東洋汽船＝大正活映に谷崎を紹介したのも上山だったらしい。上山の義妹、上山珊瑚が大活の谷崎脚本第二作目『葛飾砂子』では主役を張っているのも、上山が義妹を大正活映に誘ったということではないか。

この頃、紅澤と結婚していた古海卓二は、またの名を獏与太平といい、これがまた非常に興味深い人物だった。浅草オペラの劇作家にして、舞台監督で作詞作曲もこなし、後には映画監督や小説まで書いたという鬼才である。古海はアナキストであり、その代表作とも言われるコミックオペラのタイトルは『トスキナ』、逆さに読むとナキストで、頭にアをつけたらアナキストになる。

古海と紅澤は横浜の本牧に居を構えており、後には小田原から谷崎も引っ越してきた。撮影所のある山下町からも近いので、彼らのところは大活の若い俳優たちの溜まり場になったという。横浜の不良で、浅草にも出入りしていた江川宇礼雄が、古海とは面識があったらしい。

岡田たちより少し年上だった古海が彼らの兄貴分であり、大活撮影所の重鎮たる文芸顧問谷崎潤一郎は、いわば彼らのパトロンだった。そして、撮影所で女王のように振る舞っていたのが、義兄の愛人でもあった葉山三千子である。何しろ、一同の責任者とも言うべき谷崎が、ご存じのように女性関係では問題のある人だから、大活の俳優たちは性的には放埒だったようだ。

ここからはちょっと、下世話な話になる。岡田が書いた『時彦恋懺悔』という回想録がある。これによると、まだ十代だった岡田の童貞を奪ったのは、夜這いをしかけてきた葉山三千子である。そして岡田自身はその後、古海という夫のある紅澤葉子と恋に落ちている。一時は葉山と岡田を結婚させる話も出たが、これは葉山に嫌気が差していた岡田が断ったらしい。さらに驚くべきことには、後に葉山は江川と駆け落ちをしている。まったくもってナオミ以上の発展家である。

ただし、せい＝葉山三千子ばかりが発展家だったわけではないのだ。彼らの周囲には、新しい時代の女が何人もいた。古海と結婚していながら、岡田時彦との恋に身を焦がした紅澤もそうだし、辻潤の妻だった伊藤野枝は、辻を捨ててアナキスト大杉栄のもとに走った。後に、葉山三千子が京都に住んでいた頃、同じ下宿には中原中也がいたが、この時、中原と同棲していた女優の長谷川泰子は、中原と別れた後は小林秀雄と同棲していたうえに、演出家の山川幸世の子供を生んでおり、なおかつ、その子供の名づけ親になったのは中原なのである。彼女らは、いずれも新しい時代の女だった、としか言いようがない。そういえば、明治の終わり、大正の初期に書き始められた有島武郎の『或る女』も、そんな破天荒な女の物語だが、あれにもモデルがいたはずだ。女性が破天荒に生きられる時代が到来していたということだろう。

谷崎の傍らには、もう一人、映画とは関係のない文学畑の不良がいた。無報酬の私的秘書を自認していた今東光である。『時彦恋懺悔』によれば、葉山は今とも肉体関係があったので、それを知った岡田は深く傷ついたという。

今東光については、ちょっと説明しておこう。この時代、人気作家のもとには、作家志望の若者たちが弟子入りを志願したり、自作を読んでもらうためにいきなり訪問したり、誰かの紹介で会いに来たりということが行われていた。芥川のように、そういう文学青年たちの相手をして、真面目に作品を読む人もいたようだけれど、谷崎はそういう訪問者を片っ端からシャットアウトしていたという。そんな谷崎が、なぜ今を手元に置いていたかというと、彼が文学青年というよりは、根っからの不良だったからだろう。今の『十二階崩壊』を読むと、谷崎と今は漱石の話などもしつつ、日常的には主に猥談に花を咲かせていたようだ。

そういえば、岡田時彦も、いきなり谷崎のもとに現れたが、門前払いはされていない。それは岡田が映画俳優志望の美少年で、作家になりたいわけではなかったからだ。谷崎は文学青年には興味がなく、不良少年が好きだったのである。さすがは悪魔主義というか耽美派というか……。

ちなみに『十二階崩壊』には葉山三千子の話はあまり出てこず、トーマス栗原と同じようにアメリカで修行をした映画監督ヘンリー小谷の夫人に、今が惚れていたという話が大きく扱われている。それはそれで事実だったかもしれないが、葉山三千子の話題は微妙に回避しているところに今なりの計算が感じられる。『十二階崩壊』で興味深いのは、不良仲間とはいえ、根は文学青年の今が、谷崎の映画製作を快く思っていないことである。今だけでなく、佐藤春夫をはじめとする文学方面での友人知人は、谷崎の映画業界進出をあまり歓迎しておらず、文学者なのだから文学に専念すべき、という思いを抱いていたらしい。

この時代、映画は低俗な見せ物でしかないという風潮はかなり強くあった。実際、同時代の映画に対して、熱く語った文章を残している作家は谷崎くらいしかいないようだ。この頃の周辺の文人で唯一、映画業に深く関わったのが、近代日本演劇の道を切り開いた小山内薫である。谷崎にとっては、一高、大学を通じての先輩であり、谷崎が世に出るきっかけとなった『新思潮』の創刊者でもある。小山内は、大正九年の春、松竹が設立した松竹キネマ合名社に招かれ、歌舞伎座の裏に作られたキネマ俳優学校の校長に就任。松竹蒲田撮影所で製作にも携わり『路上の霊魂』（製作総指揮）をはじめとする数本の映画を残した。この時に松竹がアメリカから招聘したのが、セシル・B・デミル監督のもとでカメラマンとして修行したヘンリー小谷。小山内と松竹、アメリカ帰りのヘンリー小谷という組み合わせは、谷崎と大正活映、トーマス栗原の関係とよく似ている。松竹にしろ大正活映にしろ、新興の映画会社だったから、いわば箔付けのために、小山内や谷崎のような劇壇、文壇の著名人を顧問格で招聘し、小谷や栗原のような本場仕込みの技術屋をアメリカから呼び寄せたということだろう。時期的にも同じ大正九年の話である。谷崎と同じく小山内も映画製作には意欲的だったようだが、松竹の経営部と揉めたようで翌年には映画から離れている。

この小山内という人が、非常にクセの強い人であり、なにかと嫉妬深いところがあったようで、この五歳年上の先輩にはさしもの谷崎もいささか手を焼いていたらしい。もともと小山内が創刊した『新思潮』の後を継ぐ形で出発したのが谷崎や和辻哲郎、芦田均たちの第二次『新思潮』であり、その創刊号には小山内自身も寄稿しているわけで、谷崎としては小山内のことを先生と持ち上げていたのだけれど、その『新思潮』から世に出た谷崎の、世間での評価が高まるにつれて小山内の態度が変わっていったのだというから、なかなかわかりやすい人ではある。

昭和四年に小山内が死んだ後、谷崎は追悼文を含むいくつかの文章で、故人に関する思い出を語り、その業績を讃えながらも、裏で陰口を叩かれたり、面と向かって嫌味を言われたりと、小山内からの仕打ちに苦労したことなどを、なんとも困った様子で記している。傲岸不遜な印象のある谷崎だけれど、尊敬すべき先輩に対しては礼節のある態度で接していたのだ。小説作品も残した小山内だが、その本領は言うまでもなく演劇である。この時期、それなりに名の知られた小説家で映画に心を惹かれていたのは、やはり谷崎くらいだった。

同じように谷崎が敬愛していた先輩作家であり、一緒に鍋をつつくほど仲の良かった泉鏡花などは、映画にはまったく興味がなかったから、自作の映画化とはいえ、旧知の谷崎によるものでなかったら、撮影現場に遊びに来たりはしなかったろう。もっとも、そんな状況だったからこそ、谷崎は映画を新たな芸術にまで育てるべく燃えていたわけだが、それはまた、他の文学者たちからは、いささか奇異な情熱に見えたようである。まあ、義妹を女優にする時点で、公私混同も甚だしいのは事実だから、道楽と思われてもしょうがないのだけれど。

谷崎周辺の男女関係・人間関係に関しては、『十二階崩壊』以外にも、先にも触れた佐藤春夫『この三つのもの』というモデル小説があり、なおかつ各人の書簡やインタビュー、辰野隆《ゆたか》のような友人による回想録なども残されているが、そのどれもが事実を反映しつつも、各々の立場によって微妙に違った人間関係を描いているので、どれが真相かという追求はここでは避けておきたい。事実に最も近いのは、リアルタイムで書かれた書簡と考えて間違いないだろう。葉山三千子＝和嶋せゐ晩年のインタビューにしても、そこで語られていることは事実かも知れないが、人間関係に関しては、自分に都合よく語っている節がある。

ちなみに、葉山三千子は芥川龍之介にも懐いていたようで、この二人は噂を立てられたことがあり、その辺の事情は、谷崎とは東京府立第一中学の同窓だった詩人にして作家大貫晶川の妹、岡本かの子が『鶴は病みき』という短篇小説の中で、非常に皮肉めいた、葉山に対する悪意というか、男たちにもてはやされる同性への嫉妬心が垣間見える文章で描いている。この作品では芥川は麻川荘之助、谷崎は大川宗三郎、葉山三千子は赫子という名前になっているが、「大川氏は麻川氏の先輩で、その頃有名な耽美派作家とも悪徳派作家とも呼ばれて居た。」などという説明が添えられているので、それぞれが誰を指しているのかは丸わかりだ。本牧の、谷崎の家の隣にはキヨハウスという有名なチャブ屋があった。チャブ屋というのは単なる娼館ではなく、女と共に酒を呑んだりダンスをしたりといった娯楽が楽しめる遊技場兼宿泊施設である。

『十二階崩壊』によると、若き日の今東光はキヨハウスにいた馴染みの娼婦に会うために、谷崎の家から塀を乗り越えて夜な夜な忍び込んでいたという。これが本当なら、谷崎周りの人間関係は、映画人だけでなく、文人もまた不道徳な青春を謳歌していたということか。

ここで思い出すのは、『痴人の愛』の中盤、譲治とナオミが学生たちと同じ一つの寝床で眠るくだりである。あの場面には、居合わせた男全員が、実はナオミと肉体関係があったという落ちがつくわけだが、大正活映での、葉山三千子と男たちの関係を考慮すると、恐ろしくリアルで生々しい光景に見える。

「この女は寝像が悪いぜ」

こんな下世話な会話が、実際にあったのかもしれない。そういう意味では確かに『痴人の愛』は私小説だったのか。おそらく谷崎は、大活で知り合った若者＝不良たちから、新しい時代の若者像を感じ取り、それを数年後の『痴人の愛』でナオミと乱痴気騒ぎを繰り広げる若者たち＝間男たちの姿として結実させたのだ。この頃、まだ学生だった、後の名監督山本嘉次郎（黒澤明の師匠筋でもある）は、友人たちと計らって、大活撮影所が閉鎖された直後の跡地を借りて、『真夏の夜』という自主映画を撮っている。その作品は、不幸にも現像の失敗により完成しなかったが、その前後に谷崎や大活の俳優たちとの交友ができた。山本の回想記である『カツドオヤ紳士録』には、こんなことが書いてある。

✝

これを機縁に、ポット出の学生であるボクは、すっかり映画界の連中と知り合ってしまった。岡田時彦、宇留木浩、江川宇礼雄、竹村信雄、内田吐夢……黙阿弥に書かしたら、モダン白浪五人男とでもしそうなソウヽ・ゴウヽたる人物と、フンケイの交わりをもったキッカケも、大活の空スタジオからであった。横浜元町の裏、通称乞食谷戸にあったこのスタジオは、この作品を最後にまもなく売られて、豚小屋になってしまった。

✝

宇留木浩は本名を横田豊秋といい、不良仲間の江川に誘われて映画界に入り、三三歳の若さで夭折したものの、撮影助手から脚本家、監督そして人気俳優と、多方面で活躍した才人で、山本嘉次郎とはのちのちまで親友であったらしい。竹村信雄も、岡田らと同じく『アマチュア倶楽部』でデビューすることになった俳優だ。映画の業界からは戦時中に足を洗ったが、記録を見る限り相当な数の映画に出演しているから、それなりの俳優だったのは間違いない。こう見ると、素人を寄せ集めてきたはずの大正活映に、そうそうたる人材が集っていたことがわかる。

気になるのは、山本の文中にある、〈モダン〉という言葉である。モダンといえば大正モダン、モダンボーイにモダンガール――いわゆる、モボ・モガだ。実際、岡田や江川は大活でのデビュー以降、大変な人気俳優となり、モボの代表と呼ばれるようになる。同様に、葉山三千子のことをモガと呼ぶ人もいたようだ。ということはだ、譲治はさておき、ナオミとその浮気相手の若者たちもまた、モボ・モガだったのだろうか？　モダンガールといえば、ショートヘア＝断髪に洋装である。だが、作中にナオミがショートヘアにする描写はない。

『関西モダニズム再考』（竹内民郎・鈴木貞美編、思文閣出版、二〇〇八）に収められた、バーバラ・佐藤による「大衆女性雑誌における競合的消費主義」を読むと、日本で初めて「モダンガール」という言葉が使われたのは、大正一二年に『女性改造』という雑誌に発表された北澤長梧の「モダンガールの表現――日本の妹に送る手紙」という記事においてだそうである。いわば「モダンガール」の生みの親とも言える北澤は、本名を北澤秀一といい、新聞記者にして翻訳家でもあり、日活の宣伝部にいたこともあるという興味深い人物だ。渡英経験のある北澤は、イギリスの若い女性たち、新しい時代の働く女性たちを念頭において、日本にもそういった女性層が現れるだろうと考えていたらしい。そして実際に、そんな女性たちが出現した。

バーバラ・佐藤の文章を少し引用する。


ほとんどのマルクス主義者、社会主義者、そして保守的な知識人たちは、それぞれのイデオロギーの違いを脇に置き、一般の風潮に合流し、このアメリカ起源の堕落した西洋スタイルの真似にすぎないと考えられるものを公然と非難した。「退廃的」「享楽的」といった嘲笑的な言葉を随所にちりばめたそれらの非難は、中流階級文化の「副産物」に対する知識人の不安を伝えている。


なるほど、初期のモダンガールは批判されたわけだ。マルクス主義者、社会主義者といった左派と、保守的な知識人の両方から攻撃を受けたというのは凄い。しかし、知識人たちから攻撃されたにもかかわらず、一九二〇年代半ばの日本の都市を、大勢のモダンガールが闊歩した。

北澤の文章が発表されたのが、関東大震災が起きた大正一二年。翌一三年には『痴人の愛』の連載が始まり、完結するのが大正一四年。東京の銀座や大阪の心斎橋といった、時代の最先端を担う都市に、モダンガールたちが登場しはじめるのは大正一四年から一五年あたり。もっとも、その時点ではごく少数で、本格的にモボ・モガがブームになるのはそれ以降——昭和になってからということになる。『痴人の愛』は、最終章以外は震災よりも前の話だから、まだモダンガールという言葉は存在しなかった。しいて言うなら、ナオミはモダンガールの先駆的存在だった、ということか。

谷崎周辺での時系列を整理しておく。

大正九年、谷崎とトーマス栗原のもとに集まった若者たちは『アマチュア倶楽部』を皮切りに俳優デビューする。だが、経営面では思ったほど業績を挙げられず、スポンサーの東洋汽船＝浅野財閥が映画から手を引き、さらには中心人物のトーマス栗原が病に倒れたこともあって、大正活映は、大正一一年には活動を中止してしまう。そして、大活の撮影所にいた若者たちの多くは京都に向かった。一方、大活の文芸顧問を降りて映画から離れた谷崎は大正一二年に関東大震災に罹災、関西へと移住し、翌年から『痴人の愛』を執筆する。

モボ・モガという言葉が本格的に流行るのはそれ以降であり、その際にモボの代表格とされたのが、人気俳優として活躍中の岡田時彦や江川宇礼雄だったわけだ。

山本嘉次郎の文章は回想録なので、岡田たちのことをモダン白浪五人男と表現しているが、山本が彼らと知り合った時点では、モダンボーイなる名称はまだ流行していなかったと思われる。

岡田や江川たちの活躍はもちろん、京都に移って以降の彼ら自身の実力によるものだが、一連の流れを見てみると、彼らを可愛がっていた大正活映の文芸顧問谷崎が、後のモダンボーイを用意した（プロデュースした）という見方もできる。実際、『アマチュア倶楽部』に登場する若者たちは、いかにも新しい時代の軽薄さを背負っている。

谷崎が『痴人の愛』で新しい若者たちの姿を描こうとしていたのは事実だろうし、そこで描かれた若者たちのモデルになったと思われる岡田時彦たちが、実際に日本の新しい時代の若者になってしまったのもまた事実なのだ。これは、谷崎の先見性という問題ではないけれど、彼が可愛がっていた岡田たちの活躍によって、結果的に、『痴人の愛』という作品が背負ってしまった先駆性ではないか。

『アマチュア倶楽部』以降の谷崎の映画作品についても触れておこう。上山珊瑚と紅澤葉子が出演した泉鏡花原作の『葛飾砂子』に関してはフィルムはもとより脚本も残っていないが、先に書いたように、リアルタイムで観た淀川長治はこれを絶賛している。

脚本が残っている『雛祭りの夜』は、谷崎の娘鮎子を主演に据えたファンタジー色のある作品で、葉山三千子も出演している。女の子が可愛がっている雛人形が夜中に動き出すという『トイ・ストーリー』を先取りしたような作品なのだが、撮影にあたっては、なんと一部分を谷崎が監督し、雛人形が動き出すところも、本人が自分で人形を操った。撮影は、この時点ではまだ小田原に住んでいた谷崎の自宅で行われたらしく、文字通り人形つかいのような格好をした谷崎の写真が残っている。後の特撮映画なら「操演・谷崎潤一郎」とクレジットされたことだろう。

大活の活動停止以降、映画製作からはキッパリと足を洗ってしまったために、あまり言及されることはないが、企画や脚本だけではなく、自宅をロケ場所として提供し、ランニングシャツ姿で撮影現場に参加していたという谷崎の映画への情熱は本物だったのだと実感する。

『雨月物語』を題材にした『蛇性の婬』は本格的な時代劇で、紅澤葉子と、まだ本名だった岡田時彦が主演。谷崎の脚本に関して言えば、なかなかこなれてきている。映画化の企画として我が国の古典から『雨月物語』を選んだ谷崎はまことに彗眼だった。これより後に、谷崎以上に芸術家気質な監督として知られる溝口健二が『雨月物語』を田中絹代主演で映画化するが、これは映画史に残る堂々たる傑作になっている。

映画化されなかったものとしては、『人面疽』の他に『邪教』という作品の企画があったようだが、大本教事件があってこれは頓挫したという。また、大正九年に『月の囁き』という作品が発表されているが、これは映画用の脚本として書いたものを、少し書きなおして読み物の体裁にして発表したものだ。脚本のようでありながら、一部に小説のような描写も見られる。おそらくは大活の都合によって映画化は実現しなかったのだろうが、冒頭で首に鎖を巻いた死体が発見されるというショッキングなオープニングの後、時間と場所が飛んで本編部分が始まるという極めて映画的な構成で、谷崎が映画の語り口を真剣に研究していたのがよくわかる。

栗原との共作だった『アマチュア倶楽部』以降の脚本には、小説巧者で戯曲も書いた谷崎が、徐々に映画の書き方をマスターしてゆく過程がよく表れている。その成果は谷崎が映画から離れた後の作品にも、構成力、場面転換という形で反映されているはずなのだが、それに関しては後で掘り下げよう。

大正一一年に大正活映は松竹キネマに版権を譲渡し、一年と少々のあいだ続いた映画製作を終える。アメリカ時代から健康を害していたという栗原は、その後、昭和元年にこの世を去っている。谷崎も映画の現場からは身を引いたが、大正活映の終焉で活躍の場を失い、大挙して京都に移動した栗原・谷崎門下の若者たちが、俳優や監督として活躍を続け、日本の映画に多大な貢献をしたのは先に書いた通り。映画史における大正活映の存在は決して小さなものではなかった。

谷崎が映画から離れた決定的な理由は定かではないが、栗原の死が大きかったような気がする。栗原が死んだ時、谷崎は「栗原トーマス君のこと」という、彼にしては情のこもった文章を書いている。

†

あれほど悪戦苦闘しながら、結局病氣に負けてしまつた栗原君の一生は、一つの悲劇であると云へ

る。晩年には大分氣が折れて來たらしいが、大活時代のトーマス君は、ああ云ふ社會には珍らしいヒロイックな人であつた。（「栗原トーマス君のこと」）

谷崎の他の随筆を読むと、かなりの毒舌であり、気に入らないことに関しては、心底意地悪な文章を書きつらねる印象があるが、これと岡田時彦への弔文、そして己の誕生日に亡くなった芥川へ向けて書かれた「いたましき人」には、故人に対する谷崎の深い愛情が感じられるのだ。栗原に対しては、映画製作のパートナーとして万全の信頼をおいていたのだろう。

映画以外の面においても、大活時代の横浜での生活は、谷崎に様々な影響を与えたようだ。一つには、キヨハウスなどにおける外国人との交友がある。その辺りのことは『港の人々』という随筆や『本牧夜話』という戯曲にも描かれているが、おそらく『痴人の愛』に登場する外国人たちにも、本牧で暮らした日々が反映されている。

なお『本牧夜話』は映画化され、葉山三千子も出演しているのだが、谷崎自身は映画から手を引いた後だった。戯曲を何本も書いている谷崎だが、それだけに映画の脚本と戯曲は別物、という思いがあったようで、映画版の『本牧夜話』に対する本人の評価はきわめて低い。劇作家の鴇田英太郎が脚色した脚本には多少口を出したらしいが、出来栄えには大いに不満だったようだ。もしも、大活とトーマス栗原が健在だったら、自らの手で脚本化したかったのではないか。

この後、谷崎の小説は何度も映画化されるが、それらの作品に関しては、あくまでも原作者としてのコメントしか残さなくなる。晩年は、文壇の巨匠として時の人気女優たちと対談したりもしているが、そこでは原作者としての顔しか見せてはいない。ただ、淀川長治によると谷崎は晩年まで映画を撮る構想を抱いており、松子夫人のもとにはその原案が残っていたというから、この文豪の映画への情熱は本物だったのだと思う。

映画作家としての谷崎潤一郎は、大正活映の終焉と盟友トーマス栗原の死をもって完全に封印されたけれど、『痴人の愛』を読む上で、この〈封印された映画作家＝未完の芸術家〉という概念は重要なのではないか。それは追って説明せねばならない。

八　オペラシティとチネチッタ

以前から大正時代の谷崎作品はあまり面白くないと思っていたのだが、谷崎研究家の間でも同じような意見は多いらしい。具体的に言うと、大正一三年の『痴人の愛』はずば抜けて面白いが、その少し前の作品群があまり面白くないということだ。

『痴人の愛』の前に何があったかというと関東大震災で、この時に頭でも打ったのではないかと思うくらい、震災以降の谷崎は大きな変貌を遂げる。だが、今回、その『痴人の愛』の少し前に書かれた作品を読んで思ったのは、失敗作と言っても良いようなこれらの作品こそが、映画『アマチュア倶楽部』と同じく、『痴人の愛』を生み出すための助走だったということだ。

作品名として重要なのは、まず大正九年に中断した未完の長篇『鮫人』と、大正一二年の中篇『肉塊』である。後者は特に『痴人の愛』と書かれた時期もテーマも直結している。そして、その間に書かれた『アヱ・マリア』という短篇が『痴人の愛』とつながっているように思う。

『鮫人』初版

『鮫人』は大正九年、『中央公論』の一月号から連載が始まった。

此の長篇小説は、嘗て本誌に載せかけた「嘆きの門」の代りに書きだしたものである。「嘆きの門」は中途で止めにしてしまって讀者にも篇輯者にも申譯のないことをしたが、今度は最後まで必ず書き通す決心である。尤も、此小説は多分千枚位、少なくも七八百枚にはなると思ふから、以後隔月ぐらゐに纏めて出す計畫である。（「鮫人附記」大正九年一月號『中央公論』）

やる気満々ではないか。千枚というのはかなりの分量で、この時期の谷崎にとっては未踏の大長篇を構想していたわけだ。ここで語られている「嘆きの門」は、大正七年に三回、中央公論に掲載されたままで中断した作品。谷崎らしいモチーフが見られ、これもまた『痴人の愛』へと至る試作品の一つだったことが、中断した部分からでもよくわかる。谷崎には中断した作品がけっこうあって、後年も『乱菊物語』などを前篇のみ書き上げて投げ出している。この作品は、伝奇色の強い、気宇壮大な作品で、これは例えば国枝史郎が『神州纐纈城』や『蔦葛木曽桟』を完結できなかったのと似たケースかもしれない。谷崎は晩年に『乱菊物語』後篇の構想を温めていたらしいが、実現せずに終わった。

意気揚々と書き始めた『鮫人』だったが、その年の六月、七月と中断してしまい、八月号には「鮫人作者記」という、短いお詫びの文章が載っている。この時点ではまだ、やる気満々だったらしく、一一月号には「「鮫人」の續稿に就いて」という文章が掲載されているのだ。またしても、お詫びの文章である。前回のお詫びより長く、休載の理由をくだくだと書いている。ここでもまだ、残りの部分を書き継ぐ意思は失せていないようだったが、結局、続きは書かれず『鮫人』は未完に終わる。

『鮫人』の執筆がここまで難渋したのは、ひとつには映画の仕事が忙しくなっていたというのがある。何しろ『鮫人』連載の途中で、大正活映の顧問に就任しているのだ。これで、かなりの時間が削られたろう。私設秘書だったという今東光が、谷崎の映画活動に不満を持ったのも無理はない。

だが、今になって改めて『鮫人』を読んでみると、これは確かに中断してもしょうがないのではないかという気はする。何よりも文章が読みにくいし、ストーリーを要約するのも難しい。また、大長篇の予定であったがゆえに、かなりの枚数を費やしながらも、物語はまだ本格的に動き始めておらず、具体的にストーリーを分析してみても、あまり意味がないように思われる。ところところで発揮される谷崎の筆は脂っこくて凄みがあり、読むほどに唸らせられるのだけれど、全体的には散漫で、さて、ここから面白くなるかもしれない、というところでプッツリと中断している。これは、誰が見ても失敗作だろう。だが、谷崎の小説が好きな人には、一度読んでもらいたいとも思うのだ。なぜなら、作家が何か新しいものを生み出そうとして悪戦苦闘し、本当に苦しそうに足掻いている様が、はっきりとわかるからだ。

だいたい、谷崎という人は、美文の耽美派として明治の末期に登場した作家で、その耽美派が、『鮫人』では、美しくもない男が品のない食べっぷりでガツガツと飯を食らう様を描いたり、容貌魁偉な男の外見をネチネチと丹念に描写したりしている。ここでの谷崎は明らかに、美文を捨てて耽美派から脱却しようとしているのだ。もとより文章力は文句なく高いし、書こうと思えば何でも書けるくらいの力がある谷崎が、ここでは、何でも書けるからこそ、どのように書けば良いのかわからず、五里霧中で文字を連ねているような印象を受ける。ただ、こういう問題は印象だけで語るべきではないから、少し具体的なことを言うと、おそらく『鮫人において』彼は、一九世紀のヨーロッパ小説のようなことをやろうとしている。その念頭にあったのは、バルザックやゾラ、トルストイ辺りだろうか。一九世紀のフランスやイギリス、ロシアなどで書かれた大長篇小説の多くは、物語の進行だけではなく、当時の世相、風俗のスケッチブック的な側面も持っていた。だからこそ、登場人物は多いし、風俗描写も多く、必然的に分量のある作品が生まれたわけだ。

『鮫人』においても、登場人物の行動によって小説が進む部分と、人物たちの観念的な会話によって小説の進行が停滞する部分、そして作者の語りによる地の文などが、雑多に混じり合っている。『鮫人』の舞台は、谷崎がメルチングポットと称した浅草であり、登場するのも彼が入れ込んだ新興芸能・浅草オペラの関係者たち、それを描く谷崎の文章もメルチングポットよろしく、様々なものが、これでもかこれでもかと混交している。

たとえばトルストイの『戦争と平和』は、いかにも小説らしく、登場人物たちによる会話と地の文によって物語が進行するが、そこにいきなりトルストイ本人の歴史に関するエッセイのような文章が入ってきて、物語の進行を止める。それにより、作品は多重的な様相を呈し、ドストエフスキーのそれとはまた違った形でポリフォニーを奏でる。なんというか、構成がハイブリッドなのだ。現代の作家では、トマス・ピンチョンのような人が、雑多な複数の文章・文体を駆使して、作品をハイブリッドな構築物にしているが、これはピンチョンが二〇世紀以降の文学的手法を用いつつ、一九世紀的な小説の創造を企んでいるからだろう。こういう作品は相当な膂力がなければ書ける代物ではないが、一九世紀の大小説家たちは、自作の中に様々なものを貪欲に取り込んでいくハイブリッドな方法論で巨大な小説を書いた。たとえば膨大な分量を誇るバルザックの人間喜劇には、人物再登場という知的な方法論がその土台にある。

谷崎は、一九世紀小説のような方法でなければ、当時の浅草を描くことはできないと考えたのではないか。実際、当時の浅草が呈していたと思しき雑多な混沌が『鮫人』には描かれている。ただ、その混沌が作者にコントロールできていないだけだ。

『鮫人』には薫と真珠という二人の少女が登場する。二人とも浅草オペラの人気スターで、薫の方が年上で芸も達者だが、真珠の方が観客たちには人気があるという設定だ。物語の核になるのは真珠で、彼女には何か秘めたる謎があるらしい……というところで作品は中断している。そこからの展開を、どう考えていたのか。谷崎の構想は不明だけれど、この真珠をある種のファム・ファタールとして描こうとしていたのではないか。一貫して、謎めいた女や魔性の女を描いてきた人だから、『鮫人』でもそういう趣向はあったはずだとは思う。

ところで、『鮫人』はモデル小説と呼ばれることも多いようだ。作品の冒頭から登場する、無頼な日々を送る服部という男のモデルは辻潤ではないかという説があり（坂本紅蓮洞モデル説もある。辻も坂本も、共に奇行で知られる文人だ）、浅草オペラの劇団を率いる梧桐は上山草人がモデルだと言われる。終盤近くには谷崎本人と思しき小説家も出てくるし、二枚目の俳優は岡田時彦か江川宇礼雄がモデルかもしれない。

そして、薫と真珠のモデルではないかと思われるスターが当時の浅草にはいた。沢モリノと河合澄子である。二人は浅草オペラの舞台で多くのペラゴロたちを魅了、人気を二分したが、年長者の沢モリノが踊りや歌の訓練を積んだ、いわばプロフェッショナルだったのに対し、まだ十代だった河合澄子は、歌も踊りも上手くはなかったが、短期間で凄まじい人気を博した。彼女らが舞台に立つと、熱狂した客席からはモレノコールと澄子コールが巻き起こったというから、アイドルのライブをめぐる状況は、現代とあまり変わらなかったようだ。特に、河合澄子は芸や歌は下手だけれど、ルックスだけで絶大な人気を得たというところが、昭和から平成に至る過渡期のアイドル文化と驚くほど似ている。ちなみに、学生時代の川端康成が河合澄子の大ファンで、その当時の日記に澄子への思いを記している。

浅草オペラ自体の全盛期は短く、関東大震災の前にはすでに衰退期にあり、震災後は完全にブーム終了となる。河合澄子も一度は落ちぶれていたが、昭和五年、河合澄子舞踊団を率いて舞台に復帰する。三二歳になっていた澄子は、この時、エロを全面に押し出していた。脂の乗った肉体で、舞台上から色気を振りまいたのである。

歌は上手くはないけれど可愛らしさで売ったアイドル歌手が、中年に差しかかってからお色気キャラに変貌してカムバックする——という方法論は、のちの芸能界で何度も何度も繰り返されるが、その源流には河合澄子がいた。河合について、長々と書いたのにはわけがある。譲治の河合という姓は、この河合澄子からいただいたのではないかと思ったからだ。これについては、後でまた説明する。『鮫人』を一言で言うなら、浅草と浅草オペラを立体的に描こうとして破綻をきたした実験的な作品、ということで良いと思う。『痴人の愛』においては浅草オペラではなく活動写真＝映画が大きな娯楽として取り上げられているが、これは谷崎自身が『鮫人』の途中で大活の文芸顧問になったことが理由として考えられる。また、『痴人の愛』執筆の時点でもうすでに、浅草オペラが衰退期にあったからだろう。ともあれ、浅草という土地を通じて『鮫人』は『痴人の愛』とつながっている。

次に『アヹ・マリア』だ。これはまた問題作であり、客観的に見ると失敗作だと思う。とにかく、非常にわかりにくいのだ。幻想的な描写はあるが、いわゆる幻想小説というわけでもなくて、どちらかというと妄想小説というのがふさわしい。語り手のエモリなる中年の作家が、早百合子という名の、別れた恋人にあてた手紙を書いている、という設定なのだが、これが本当に手紙を書いてるのかどうか怪しいし、そもそも早百合子なる女性が実在するのかどうかもまた怪しい。谷崎がたまに使う「信用出来ない語り手」小説なのだ。

書かれた時期を考慮すると、若き舞台女優であるらしい早百合子は、谷崎が贔屓にしていた浅草オペラの女優がモデルなのかもしれない。手紙なので、二人称で書かれているはずなのだが、その描写にはあまり手紙らしさが感じられない部分が多く、いわゆる「書簡体小説」とは、ちょいと雰囲気が違う。だから妄想小説ではないかと思うわけだ。エモリの語る内容は、途中からニーナという露西亜人女性の話になり、そのニーナに入れ込んだ挙句、結局は逃げられてしまった、というような流れになる。つまり別れた恋人に出す手紙だとは、とても思えない。非常に興味深いのは、ニーナと活動写真を見に行ったという話から、映画の話題になり、ビーブ・ダニエル、ベティー・コムソン（ベティ・カンプソン、サイレント時代に山ほどの短篇に出た売れっ子女優）、グロリア・スワンソンと、『痴人の愛』同様に女優の名前が出てくるし、セシル・ド・ミル（セシル・B・デミル）という監督の名前も出てくる。エモリは作家なので、女優にしか興味のない譲治とは、ちょっと違うようだ。エモリとニーナが観たのは「アッフェイアス・オブ・アナトール」というデミル作品で、原作はシュニッツレルの小説。エモリは、この映画に出てくる女優たちの肢体を丁寧に描写するのだが、次第に、スクリーンに映しだされる光景と、彼の妄想とがごっちゃになってゆく。あまりにもとりとめがないので失敗作とは書いたが、やたらと印象には残る。早百合子が舞台女優なのは『鮫人』の名残かもしれないし、映画が出てくるのは『肉塊』への先駆けかもしれない。とにかく変な小説ではあるが、この作品で谷崎がなにか新しいものを摑みかけているのはわかる。そして、それは恐らく、映画というメディアとの邂逅によってもたらされたものなのだ。

作中で語られた『アナトール』を筆頭に、セシル・B・デミルの映画は、『痴人の愛』という作品にとって、かなり重要な意味合いを持っているのだが、これは後で詳しく説明する。

そしてもう一つ、長めの中篇というか短めの長篇ともいうべき『肉塊』に焦点を当ててみたい。これは大正一二年、震災の直前に書かれた作品で、『鮫人』と違って物語はシンプルだ。舞台は横浜。主人公の小野田は、親が残してくれた店と財産を映画製作にすべてつぎ込んでしまい、最終的には自分を支えてくれた妻とも疎遠になってしまう。谷崎お得意の、芸術に取り憑かれた男の物語だ。小野田が映画製作にのめり込むきっかけは、アメリカで映画修行をしてきた旧友の柴山に誘われたからだが、この柴山のモデルはモロにトーマス栗原だろう。ただし、生真面目な柴山が、夫のせいで苦労をする小野田の妻に対して同情心を抱くというのが本作のポイントとなっており、この部分に関しては、千代夫人に同情し、そこから恋愛感情に至った佐藤春夫の存在が投影されているように思う。映画に淫して破滅する主人公の小野田はもちろん谷崎で、大活での活動がこの作品には直接的な影響を与えていると見ていい。

小野田はもともと、芸術に強い憧れを持ち、自分は本当は芸術家なのではないかという夢想を捨てきれない男という設定。彼に対するメフィストのようなポジションの柴山だが、彼が小野田とは対照的なモラリストに描かれているのは、実際にキリスト教徒で非常に真面目だったという、栗原の性格を反映しているのだろう。

主演女優を探していて出会ったグレンドランという女性に小野田は惹かれ、撮影の途中で深い仲になるが、このグレンドランが絵に描いたような強欲な悪女で、小野田の破滅を招くというお話だ。作中で小野田たちが撮影するのは人魚姫の映画で、これはおそらく『痴人の愛』で主人公たちが観ていたアンネット・ケラーマン主演『水神の娘』(『海神の娘』)が元ネタだろう。

グレンドランに振り回された挙句、柴山を始めとする仲間・家族との間に壁ができ、孤立してしまった小野田は、最終的に、自分が芸術家などではなかったと悟る。小野田を支えていた糟糠の妻が、柴山の演出によって人気女優になってしまうという、皮肉とユーモアに満ちたラストを含め、それなりに面白い作品ではあるが、ヒロインのグレンドランの造形が薄っぺらいため魅力に欠ける。

舞台が横浜なのは、大活が横浜山下町にあったからだろう。話の都合上、外国人が何人も登場するが、横浜でチャブ屋の隣に居を構えていた谷崎が、大勢の外国人と接していたことを考えると、横浜でないと成立しにくい物語だとわかる(『鮫人』、『肉塊』)。

『痴人の愛』に先立つこの二作品にはそれぞれ、浅草、横浜という土地への谷崎の思いが表れている。つまり「浅草=浅草オペラ」であり、「横浜=映画」なのだ。特に『鮫人』において、谷崎がスケールの大きな都市小説を書こうとしていたのは明らかだ。だが、それは成功しなかった。

この時期に谷崎はもうひとつ『神と人との間』という割合に長い作品を書いている。これは、悪魔派と呼ばれる小説家の添田と、その友人である穂積という男、そして添田の妻である朝子という女の三角関係を描いたもので、谷崎と千代夫人、そして佐藤春夫の三角関係——いわゆる小田原事件をモデルにしているらしい。自分たちをモデルにしながら、あえて佐藤春夫に似せた穂積の視点で描かれており、谷崎本人と思しき添田が傲慢で極悪非道な人物に造形されているのは非常に興味深い。だが、じめじめした穂積の内面描写が延々と続いて、それほど面白くはない。ラストは、添田の悪行に耐えかねた穂積が添田を毒殺し、朝子と結婚した後に自殺するという、悲惨で露悪的な作品になっている。後年の『蓼食う虫』や『猫と正造と二人のをんな』に近い題材ではあるが、小説としての完成度では、それらの作品に遠く及ばない。そして、『神と人との間』の連載中に震災が起きて谷崎は関西へと避難し、そこで『神と人との間』の続きを書いた。『痴人の愛』に着手するのは翌年のことであり、その執筆時期は『神と人との間』と一部重なっている。ほぼ同時期に書かれたものではあるが、『神と人との間』と『痴人の愛』では、面白さ、完成度がケタ外れに違う。ことほどさように『痴人の愛』は、それ以前の小説とは大きく違っている。スケールの大きな長篇を書こうとして失敗していた谷崎が、ついに書きえた長篇小説なのだ。

『痴人の愛』はなぜ成功したのだろう。谷崎はこの小説で、何を試み、構築したのだろう。

九　河合譲治というライフスタイル

谷崎はごく初期から変わらぬモチーフを抱いていた。彼の名を世に知らしめた最初期の『刺青』からそれは一貫してある。『刺青』の主人公清吉は刺青師、文字通り刺青を彫るのが生業の男、つまり芸術家である。芸術家というからには芸術作品を作るわけだけれども、この作品においてはそれが刺青であり、さらに言うと、己が刺青を掘った女の存在そのものが作品だという解釈も成り立つ。赤塚不二夫の葬式で弔辞を読んだタモリが「わたしもまた、あなたの作品の一つでした」と言って話題になったのは記憶に新しいが、あれと同じようなことだ。

谷崎の小説には、このタイプの男がよく登場する。最晩年に書かれた、『痴人の愛』の老年期リメイクとでも言うべき『瘋癲老人日記』の主人公もまた同じタイプである。この場合、主人公が執着する嫁の颯子の足型の仏足石が、あの老人にとっての作品なのだ。あの変態老人を芸術家というのはいささか

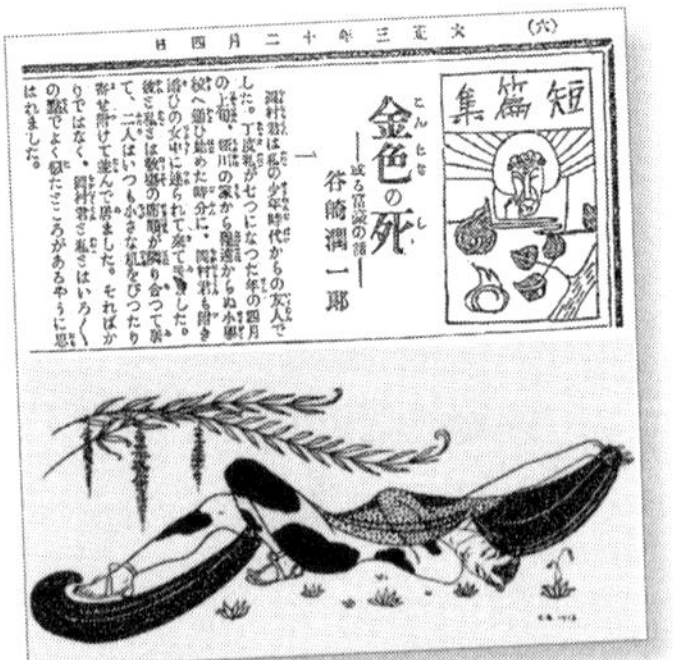
(六)　大正三年十二月四日

短篇集

金色《こんじき》の死《し》

——或る青年の話——

谷崎潤一郎

一

『金色の死』

語弊があるが、それは『瘋癲老人日記』が『痴人の愛』を経ているからである。彼らの共通点といえばマゾヒズムであるが、欲望の形は各々で違う。マゾヒズムにかかわると谷崎の変化が見えなくなってしまう。

印象的なのは大正三年に発表された『金色の死』だろう。この作品の主人公、岡村君は、若い頃から自分なりの芸術をつくり上げることだけを渇望しているが、それは既存の芸術とは違うものだった。そして、巨万の富を得た彼が、最終的に作り上げた、壮大なスケールの作品も、既存の芸術とは明らかに違っていた。ここで重要なのは、岡村君の手による芸術というのが、どこか滑稽に見える点だ。壮大なスケールで、自分好みの箱庭を作ったのは良いが、この箱庭を楽しめるのは作った本人だけではないのか？　と思ってしまうのだ。岡村君の作品が世間に公開された場合、世の人たちはさぞかし驚くだろうが、それは芸術としての評価というよりも、奇矯な金持ちの道楽であり、風変わりな見世物小屋にしか見えないのではないか、と。岡村君自身は、自分の作品に満足したまま死んでしまうので、ある意味問題はないのだが……。作者自身の意志により、谷崎の生前に出た全集からは外されていたこの小説は、谷崎作品を読解する上でかなり重要なポジションにある。なぜなら、この作品をよく読むと、谷崎的な芸術家である主人公の情熱が、傍から見ると滑稽なものであるという、残酷で喜劇的な真実がチラチラと垣間見えてしまうのだ。

『金色の死』は谷崎作品の中でも初期に属する、いわゆる耽美派真っ盛りの時期に書かれている。耽美派というのは傍から見ると滑稽では困るわけで、この喜劇的な構造が成立してしまうと耽美派はやっていけない。『金色の死』の横に『肉塊』を並べてみるとよくわかる。『肉塊』の小野田は、芸術に対する憧れこそ強いものの、既成の芸術分野で何かを作ることはできなかった人間だ。それが、目新しい映画というメディアに出会って、これなら自分でも立派な芸術作品が作れるのではないかと舞い上がり、没頭しただけなのである。つまり彼には芸術家としての実態はない。岡村君もまた、同じように実態のない観念だけの芸術家だろう。そもそも音楽家になるような人は、早い段階から音楽に出会い、そちらで花を咲かせるし、画家になるような人間も、たいていは子供の頃から絵が上手な人ばかりではないか。先に、美術なり音楽があって、それに没頭し、良い作品を作ることによって、芸術家と評価されるようになる。それが、本来の芸術家の姿だろう。

谷崎が活躍した時代には、文学を志す若者が大勢いた。谷崎自身もまた、そういう文学青年のひとりとして仲間たちと共に作った同人誌を世に問い、そこに発表した小説が先輩作家の永井荷風に評価されて作家になった人間だ。しかし、今東光の『十二階崩壊』によれば、谷崎は彼ら文学青年には非常に冷たく、新進作家である谷崎に会いに来た文学青年たちを片っ端から門前払いにしていたのはすでにのべたとおり。私設秘書の今が、次々にやってくる作家志望の若者たちを追い払う役割だったのである。それとは対照的に、芥川龍之介は若き文学青年たちに親切で、彼らが持ち込んでくる作品をこまめに読んでいたそうだ。

孤高の作家として知られる谷崎だけれど、友人はやたらと多いし、人づきあいは良かった。佐藤春夫とも芥川龍之介とも、兄弟のように親しくしていた人だ。そんな谷崎が、文学青年を遠ざけていたのはなぜか。それは彼らの文学熱が、実態のない芸術への憧れ、もしくは自己実現への渇望にすぎないことを見抜いていたからではないか。これは一種のロマン主義批判だ。

『鮫人』の服部もまた、芸術への思いはありながらも、具体的に何をするでもなく無為の日々を送っている。彼の芸術に実態はない。そして『肉塊』の小野田は、最終的に己が芸術家ではないことを悟る。そう考えると、大正後期の作品において、谷崎が耽美派から離脱しようと試みた理由もわかる。谷崎は、実態のない、観念的な芸術への渇望や理念を、傍から見ると滑稽なものとして批判する側に回ったのだ。その方向転換は、『痴人の愛』でようやく上手くいった。『刺青』にはじまる、谷崎流の〈作品を作りたい男〉の系譜がある。彼らは皆、芸術家ないし芸術家志望である。だが、その系譜は河合譲治が登場した時点でかなり大きく方向転換している。『金色の死』や『肉塊』における主人公たちの、芸術への憧憬、羨望、渇望は熱く強いが、それらは俗っぽい煩悩のような代物で、世間的で卑俗な名誉欲とあまり変わらないものだ。我らが河合譲治には、煩悩はあれども芸術的な名誉欲のようなものは一切ない。そもそも彼は、芸術家になりたいなどと考えたこともないだろう。

譲治は根っからの俗物だが、己の願望が卑しい欲望でしかないことくらいは自覚している。偉そうに芸術や理想を語ることはなく、綺麗な女性の肢体を目で楽しみ、西洋人女性の腋臭を嗅いでうっとりしたりするくらいだ——と書いてみると最低な男のようだけれど、我らが譲治さんは、社会生活を真っ当に過ごす、ごく普通の市民なのだ。その証拠に、仕事仲間には、自分の趣味・生活を見せようとはしないし、生活に波乱が起きることを彼は好まない、常識をわきまえた人なのだ。『金色の死』の岡村君と比べると、欲望のスケールはかなり小さくなっているが、そもそも譲治の目的は自分だけが愉しむことにあるので、なんの問題もない。これは、『痴人の愛』における、谷崎文学の大きな進歩だろう。まあ、その分、恥も外聞もない痴人っぷりが露呈されるわけだが。

作中では、しきりに自分のことを卑下する譲治だが、実は結構な高給取りである。譲治がナオミと出会ったのは、作中の表記を信じるなら大正六年で、この時の譲治の月給は百五〇円だった。週刊朝日編集の『値段史年表 明治・大正・昭和』を見ると、大正七年の巡査の初任給が七〇円、小学校教員の初任給が一二円から二〇円である。何の後ろ盾もなしにこれだけの給料を稼いでいるということは、とんでもなく仕事ができる男なのではないか。そもそも地方の農家の息子が、学校を出て、東京で技術者になったのだから大した成功者だ。

作品の終盤では、実家の財産を処分して友人と合資会社を設立し、あまり働かなくても高水準の暮らしができる地位を手に入れている。つまり、仕事における先見性にも秀でているのだ。最初の住処に、大森あたりを選んだのもおそらく伊達ではない。渋沢栄一の東京改造計画、浅野財閥による京浜工業地帯の発展などを視野に入れつつ、社会の動きを機敏に観察しながら、自らが目標としていた上流社会にまんまと滑り込んだのだ。ナオミの浮気に振り回されながら、ちゃっかり結果は出している。そんな、人並み外れて有能な男が、自らのことを痴人と称しているわけだ。とんだタヌキ親父ではないか。

『痴人の愛』は、谷崎というスキャンダラスな作者によって書かれた、極めてスキャンダラスな小説なので、扇情的な面ばかりが注目されがちだけれど、主人公である河合譲治という人物のライフスタイルは、谷崎が提示した新たな時代を生きる市民像だとも言える。譲治自身に思想はないが、欲望に忠実かつ、生活者としてきわめて優秀な彼の生き様は、実態のない観念的な芸術や文学に対する批判になっている。

十 ファッションリーダーとしてのナオミ

モダンガール

ナオミのモデルが「せい＝葉山三千子」であることに異存はない。だが、ナオミというキャラクターを造形するにあたって、谷崎は様々な女性像をそこに盛り込んだのだと思う。

一般的に見て、ナオミが悪女なのは間違いない。では、なぜナオミは悪女に設定されたのか？ 谷崎の好みと言ってしまえばそれまでだが、それなら『肉塊』のグレンドランでも良いわけだ。あっちは本物の外国人である。谷崎が老境に差しかかった昭和三〇年の回想録『幼少時代』に、「花井お梅」という女に関する記述がある。

†

お梅が峯吉を殺害したのは明治20年の初夏で、峯吉の持っていた出刃庖丁で彼を突き刺したのであった。私たち一家が不動新道へ移って来たのはその事件より数年後のことだけれども、私の母はお梅を柳橋時代にか酔月時代にか、何かの折に見かけて顔を知っていたのであろう。箱屋殺しでお梅のことが世間の評判になってから、「あれはほんとうに凄みのある、色の浅黒い鯔背な芸者だった。いい女とはあんなのをいうのだろうね」と、云い〳〵した。私は「これがお梅だよ」といって母から貰った写真があったのを、大正十二年の大震災で焼いてしまうまで大切に保存していたが、なるほど、写真で見ても母のいうことはよく分かった。(『幼少時代』)

†

お梅は幕末から大正初期を生きた芸妓で、明治二〇年に情夫の峰吉を刃物で刺し、その後峰吉が死亡したので時の人となり、毒婦と呼ばれた。犯行の後は父親に連れられて自首し服役するが、出所後は、ナオミもいたはずの千束で汁粉屋を開いたり、自分の事件をネタにした芝居を演じてドサ回りをしたりして生きた。彼女の事件は、当時のメディアによって勝手に脚色され、舞台や映画にもなったし、谷崎の初期作品『お艶殺し』や『お才と巳之介』などにも影響を与えている。谷崎の中にある悪女の、おそらく最初のイメージは花井お梅なのだろう。初期の『母を恋うる記』から、晩年の『少将滋幹の母』や『夢の浮橋』まで、母恋物の傑作をいくつか書いている谷崎だけに、お梅の思い出が、母親と結びついているのは非常に興味深い。毒婦と呼ばれたのは、お梅だけではない。有名なところでは高橋お伝がいるし、他にも夜嵐お絹や鳥追お松と呼ばれる毒婦がいた。明治の初期には、メディアによる毒婦ブームがあったのだ(少し時代は後になるが、情夫を殺害しその性器を切り落とした阿部定も毒婦と呼ばれた)。いわゆる毒婦たちの中で、最も有名な高橋お伝は、明治九年に借金を巡るトラブルから男性を殺害、三年後に死刑になったが、当時生まれたばかりの錦絵新聞(新聞記事を錦絵で解説したもの。ビジュアル報道の先駆的存在だ)が事件を扇情的に報道し、歌舞伎や小説のネタになって、お伝の名前は一躍広まり、映画化もされている。それら多くの作品は、フィクションなので当然のごとく脚色され、実際の事件よりもずいぶん派手なものになっている。花井お梅、夜嵐お絹もメディアによって有名になり、舞台や映画、小説などにアレンジされた。それ以前から、歌舞伎には悪女が登場する話はいくらでもあったが、明治の毒婦ブームはフィクションの登場人物ではなく、実在の人物がこんなに恐ろしい犯罪をおかした！　というニュアンスでもって広まった。いわゆる犯罪実話である。新聞がなければ、お伝もお梅もここまで有名にはならなかったろうし、映画化だってされなかった。鳥追いお松に至っては、実在の人物かどうかすら定かではないのだ。それなのに、さも実話であるかのように喧伝された。

つまり、毒婦ブームは、明治維新に伴う新たなメディア——新聞や活動写真——の誕生と発達によって起きた風評現象なのだ。その背景には、明治になって女性たちが封建時代よりも自由になったという事実がある。明治五年には、遊女の人身売買を規制する芸娼妓解放令が出されているし、福沢諭吉による男女同権論が語られ、女性解放運動も活発になってゆく。その傍ら、開放されて強くなってゆく女性に対しては江戸時代とは違った眼差しが注がれる。強くなった女子に対して、ある種の恐怖＝フォビアを感じる人たちも出てくる。毒婦ブームと女性解放は、実はパラレルなのだ。

そして、明治以降は海外の戯曲や文学が大量に輸入された。これは、若年層に大量の文学青年を生み出したが、同時に〈自由恋愛〉という概念を広め、女はどんどん自由になってゆく。浅草オペラでは『サロメ』や『カルメン』が人気の演目だった。どちらも、危険な女の物語である。そして、くだんの、歌も踊りも下手だけれど、学生に大人気だった大正のアイドル河合澄子はサロメとカルメンの両方を演じているのだ。澄子がカルメンを演じたオペラ『カーメン』は、獏与太平こと古海卓二が原作を好き勝手にアレンジしたものだったという。これを谷崎が観た可能性は大きい。

『カルメン』は、河合譲治によって『痴人の愛』の中で言及されているし、ナオミにはカルメンの面影も何割かはあるだろう。河合譲治の河合が、河合澄子からの発想ではないかと書いた理由は、この古海の舞台があったからだ。そもそも、『痴人の愛』自体が『カルメン』をパロディ・喜劇化したような作品である。

『カルメン』のストーリーは、純真な青年だったドン・ホセが、ボヘミヤ人のロマ（ジプシー）の女、カルメンと出会って恋に落ち、カルメンのせいで盗賊にまで身を落とすという話だ。原作はまことに悲痛な物語だが、浅草オペラという軽薄な舞台で、獏与太平などというペンネームの男がアレンジしたものだから、とても悲痛な作品だったとは思えない。古海作の『カーメン』が、具体的にどういう内容であったのか、今となってはわからないが、浅草オペラの演目は原作をパロディで笑いにするようなものが多かったというから、ある程度の想像はつく。

『痴人の愛』もいわば、悲劇ではなく喜劇である。オリジナルの『カルメン』では、最終的にドン・ホセがカルメンを殺して幕を閉じるが、譲治はナオミを殺さない。『カルメン』は、前近代を舞台に、ボヘミヤ人という、特定の国家にまつろわぬ特殊な民族の風俗を描いたという側面があり、これが二〇世紀の日本を舞台にした『痴人の愛』と大きく違うところだ。これは私見だが、『カルメン』の終章でメリメが指摘するボヘミヤ人の特徴は、三角寛が描く山窩小説に影響を与えているように思う（山窩が日本のジプシーと呼ばれたのはもちろん彼らがジプシーのように一箇所に定住しない生活様式を持っていたからだが、そこにフィクショナルな演出を盛り込んだのは三角の創作である）。

『カルメン』同様、純朴な男性が多情な女に振り回され、破滅に至る物語としてはアヴェ・プレヴォーの『マノン・レスコー』があり、『カルメン』同様オペラとして舞台化されている。そしてこちらも、悪女たるヒロインは死ぬ運命だ。各々の作品が成立したのは『マノン・レスコー』が一八世紀で、『カルメン』が一九世紀だ。この二作品においては、悪女型の多情な女は、純真な男心をさんざんに振り回した挙句、死に至る。そして、彼女に恋をしていた男は、彼女の死を大いに嘆き悲しみ、我が身の破滅を受け入れるのだ。

『痴人の愛』のナオミも、これが江戸時代なら――いや明治以降であっても『たけくらべ』の時代だったら刃傷沙汰の挙句に殺されていたかもしれないような女ではあるが、会社員として――またつような一市民としての――顔を持つ譲治が、ナオミの死という選択肢を選ぶとは思えない。ナオミもまた、譲治がそういう男であることを承知しているからこそ、付かず離れず、揉めて別れてもまた元の鞘に戻るのだろう。『痴人の愛』は、いわば『カルメン』の近代版なのだ。そこにはもう悲劇はなく、滑稽な喜劇だけがある。

ナオミのキャラクターで顕著なのは、彼女の向学心というか、何か自分にはないものを学びたいという欲だろう。ナオミは譲治に言う――英語を習いたい、ダンスを習いたいと。どれも金がかかるわけだが、文明開化の明治以降、学問というのはありがたいものだ、という考え方（学問のスヽメ）が広まり、こういった何かを学びたいという欲望を世間は否定できなくなった。とにかく、学ぶことは尊いとされるからだ。そんな社会が到来していたからこそ譲治は、懐を痛めながらも彼女の言うことを素直に聞くわけだ。ナオミが教養のある女性に育つことは、彼自身の望むところでもある。

ただし、いざ習いごとを始めても、さほど真面目に取り組まないのがナオミの悪いところで、こういう人は現代にもよくいる。物語の最終章で、ナオミは外国のファッション雑誌『ヴォーグ』を定期購読しているが、譲治の目から見る限り、写真を眺めているだけで、記事の横文字をちゃんと読んでいるかどうかは定かではない。ナオミは読書をする人だけれど、おそらくこれも本を読むことが、すなわち知的階級＝ハイソサエティを意味するからだろう。

読書＝知識人＝上流階級、という考え方がいつ頃発生したのかを特定するのは難しいが、これは後々まで生き残り、インテリア家具の一部として文学全集や百科事典を家に備えるという慣習が日本には定着し、二〇世紀の終わり頃まではそういう家庭があった。バブル期のテレビドラマでも、ヒロインの部屋には分厚い文学全集が揃っていたりしたものである。ナオミの英語やダンスは、そういった知的アイテムをファッションとする傾向の先駆けだ。

ナオミが読んでいたもので、非常に気になるのが有島武郎の『カインの末裔』である。ナオミは有島武郎を、今の文壇で一番偉い作家とまで言うのだ。もちろん、ナオミのこの台詞を書いたのは谷崎潤一郎なのだけれど、谷崎自身が、有島のことを一番偉い作家だと思っていたわけではなかろう。

有島は、明治一一年生まれで谷崎より八歳ほど年上になる、いわゆる白樺派の一人だ。白樺派の作家としては、他に志賀直哉や武者小路実篤らがいる。谷崎より上品そうな顔ぶれである。

有島は、ナオミが読んでいる『カインの末裔』をはじめ、『或る女』や『生れ出づる悩み』、評論『惜しみなく愛は奪ふ』などで人気を博した。谷崎が有島のことをどう考えていたのかはわからないが、他人の小説をあまり褒めない谷崎が、ナオミに『カインの末裔』を読ませているのは意味深ではある。だいたい、『カインの末裔』自体は、聖書に題材をとった硬派な小説であり、怠惰で浪費家なナオミが好んで読むような本だとは思えない。世評が高いから、とりあえず手元に置いてパラパラめくっているだけではないかと思われる。

ただ、これは我々が今の時代に『痴人の愛』を読むからであって、リアルタイムで読んでいた読者にとって、有島武郎の作品が出てくることは、もっと違った意味合いを持っていたはずなのだ。なぜなら、有島武郎は、『痴人の愛』の連載が始まる前年の大正一二年、不倫の関係にあった波多野秋子と心中しているからだ。この事件は、当然のことながら新聞などで大々的に報道され、一大センセーションを巻き起こした。さすがは谷崎先生、有島武郎のスキャンダルを上手いこと利用しましたね。まあ、その数年後には、谷崎自身が細君譲渡事件で新聞ダネになるわけだが。

ほかにも、昔の作家にはスキャンダルな話がけっこう多いのだが、これは作家というのが人気商売であったことの他に、新聞というメディアが広く普及する過程にあったからだという見方もできるだろう。著名人たる文学者は、ゴシップの提供者としてはうってつけだったのだ。『痴人の愛』の作中時間では、ナオミが『カインの末裔』を読んでいる時点ではまだ有島は存命だと思われるが、『痴人の愛』の読者にとっては、ついこのあいだ心中自殺を遂げた有名作家なわけで、インパクトは充分にあったはずなのだ。また、作中に有島を出した理由は、そのスキャンダル性以外にもあったような気がする。有島が書いた『或る女』の存在だ。

『或る女』は明治四四年から『或る女のグリンプス』として「白樺」に連載され、後半部分を書き下ろしで出版された小説で、ヒロインの早月葉子は、国木田独歩の最初の妻だった佐々城信子ということになっている。谷崎の諸作や岡本かの子の『鶴は病みき』もそうだけれど、この時代はモデル小説が多く書かれて、だからこそ、それらのモデルとなった作家、文化人たちは、ある種のポップスターとして、芸能人めいた人気があったわけだ。今だったら、裁判沙汰を巻き起こすような小説が数多くあって、『或る女』も、そんなスキャンダラスな小説になっている。

とにかく、ヒロインの早月葉子が、なかなかに強烈なキャラクターで、アクの強いファム・ファタールであり、気丈な明治の新しい女性として描かれている。新しい女性像を描こうとして『痴人の愛』を書いた谷崎が、この『或る女』をまったく意識しなかったとは思えない。ナオミの愛読書としてふさわしいのは『カインの末裔』よりも『或る女』ではないかとも思うのだが、それはそれであまりに直截的すぎるから、この辺りのセレクトは作者のさじ加減だろう。

有島は谷崎と違い、真面目な人だったようだが（だからこそ心中したわけだ）、人気作家の心中事件は、相手が人妻であり、また有島が妙に格調高い遺書を残していたこともあって、世間からは非常にロマンチックなものと受け止められたようだ。彼らが心中した有島の別荘跡には石碑が建てられて、軽井沢の観光スポットになっている。ある意味、死に様まで気高く、白樺派的だった有島の著作を、俗物の塊のようなナオミに読ませるという行為には、谷崎の皮肉がこもっているような気もする。有島の遺言を少し紹介しよう。

†

森厳だとか悲壮だとか言えば言える光景だが実際私達は、戯れつつある二人の小児に等しい。愛の前に死がかくまで無力なものだとはこの瞬間まで思はなかった。おそらく私達の死骸は腐乱して発見されるだろう。

†

まことにロマンチックな文章だと思う。ただ、こういうロマンチシズムは根本的に谷崎とは相容れないような気がする。かつて谷崎は、自らが創りだした芸術の中で死に至る男が主人公の『金色の死』を書いたが、ある時期から、そういったロマンチックな死に様を封印したのではないか。譲治もナオミも死んだりはしないし、今にも死にそうな、かの瘋癲老人ですら最後まで死なない。『春琴抄』の佐助は自分の目を突いて盲目になるが死んだりはしない。彼は極めて前向きな姿勢で自らの目を突くのだ。中期もしくは後期の、谷崎の主人公たちは、何があろうと生きながらえて自らの欲望を肯定するのだ。

ここでもう一人、ナオミのキャラクターを考える上で、補助線として尾崎紅葉の名前を出しておきたい。『たけくらべ』の樋口一葉と並んで、谷崎が高く評価していた作家だ。尾崎といえば、読売新聞で明治三〇年から明治三五年まで連載された『金色夜叉』だ。これもまた、売れに売れた小説で、何度も映画になり舞台になり、はるか後にはテレビドラマにまでなった先駆的メディアミックス作品である。この長篇は、続篇、続々篇と書き継がれ、途中で作者が死んだために実質未完なのだが、テーマの一つに金権主義があるのは間違いない。舞台で有名な、熱海の海岸で貫一がヒロインのお宮を蹴飛ばすのは、彼女が金銭欲に目が眩んだからである。少なくとも、貫一はそう思っている。これが明治三〇年代の大ヒット作だ。それからおよそ二十年ほど後の『痴人の愛』では、ナオミは金銭欲を咎められたりはしない。彼女の金銭欲は、わがままと贅沢、お洒落と美食が目的である。つまり、ナオミという存在は『金色夜叉』で批判的に描かれている金権主義、消費社会を全面肯定しているわけだ。両者のヒロイン像を比較すると、『金色夜叉』は金に転んだと批難され蹴飛ばされる女であり、『痴人の愛』は男に貢がせるのが当然の女、ということになる。えらい違いではないか。明治から大正で、こんなにも世の中は変わったのか。

さらに、谷崎の描くヒロイン像を考える上で、ひとつ指摘しておきたい要素がある。ごく初期の作品『秘密』で描かれた女装のことだ。この作品で、語り手である主人公は、女物の着物を来て、白粉を塗り、夜の街＝浅草に繰り出して映画を見たりする。谷崎の容貌を考慮すると、相当気持ちの悪い景色だが、本人はとても楽しそうだ。谷崎自身に女装癖があったかどうかは知らないが、女装が楽しげに描かれているのは重要だと思う。

そしてここに、大正一一年の『青い花』という短篇の冒頭部分を重ねてみると、またさらに面白いことが判明する。

†

昔——と云つても今から二三年前までは、彼の體つきは女性的だと云はれて居た。友達と一緒に湯に這入つたりなんかすると、「どうだい、ちよつと斯う云ふ形をすると女のやうに見えるだらう、變な氣を起しちやいかんぜ」などゝ自慢をしたものだつたのに、——就中女に似てゐたのは腰から下の部分だつた。ムッチリした、色の白い、十八九の娘のそれのやうに圓く隆起した臀の肉を、彼は屢々鏡に映して愛撫しながらウットリとした覺えがある。（『青い花』）

これは谷崎お得意の、いうなれば女体賛美なわけだが、ここでの語り手は、色が白く肉付きの良い男性が、自らの肉体の中に女体の美を見出しているわけだ。天井の染みが人の顔に見えたりすることもあるわけだから、人間の想像力というのは無限である。とはいえ、自分の肉体に、女性を投影して見るというのは非常に興味深い。谷崎がよく描く女性賛美の背後に、賛美すべき女性像に、己自身を投影していた可能性が見えてくるからだ。

†

たとえば『刺青』だ。あの作品の主人公清吉は、女の刺青に己の全てを彫り込んだ。だとすれば清吉の本質は彼の体を離れて女の背中に宿っている。刺青を掘られた女が、その見事な刺青を見せて他の男達を魅了したとしよう。その時、男達を魅了しているのはいったい誰なのか？　刺青を背負った女が清吉の作品である以上、その女に魅了される男達は、ある意味清吉に魅了されているわけだ。

ここからは、あくまでも仮説だ。

譲治とナオミは、ナオミの成長につれて背丈こそ同じくらいになるが、外見的には似たところはなかろう。だとしても、譲治がナオミに自己を投影していたとしたら？　譲治にとってのナオミが、彼の分身だったとしたら？『痴人の愛』をナオミの目線から見ると——自分を身請けする男が現れて、その男と同居し、肉体関係を結んで結婚、さらには何人もの学生と浮気をして、それが夫にバレた時は謝るが反省せず、外国の男とも浮気をして、様々な男のもとを渡り歩き、夫のところに戻るものの、そこでまた様々な男と関係をもつようになる。性的な冒険の連続だ。譲治がもしナオミに自己投影していた場合、ナオミの性的な冒険を知ることで、譲治はナオミの冒険をバーチャル・リアリティのような形で追体験していることにはならないか（その、譲治によって書かれたという体裁の『痴人の愛』を読むことで、読者もまた、ナオミの性的な冒険を追体験するわけだ）。

大切なことを書き忘れていた。『痴人の愛』が連載されたのは『大阪朝日新聞』だが、一旦連載を中断した後、後半部分は『女性』に連載されたのだった。この『女性』という雑誌の発行元であるプラトン社は、「クラブ化粧品」の中山太陽堂（現在のクラブコスメチックス）がスポンサー。谷崎とは因縁の仲でもある小山内薫を編集長に迎え、泉鏡花や武者小路実篤、与謝野晶子らが原稿を寄せた『女性』は、アールデコ調の装丁でモダニズム溢れる非常にファッショナブルな女性誌だった。そもそも、化粧品メーカーがスポンサーというところからして女性向けであり、お洒落である。明治三六年に神戸で創業し、順調に業績を伸ばしてきた中山太陽堂が出版社を持つに至ったのも、明治以降の女性解放の歴史と無関係ではあるまい。

プラトン社の活躍期間は六年間と短かったが、阪神間モダニズムと呼ばれるこの時代の関西の文化を先導するメディアだったようだ。そういえば、『大阪朝日新聞』の名が示す通り、朝日新聞も大阪が発祥の地である。明治維新から大正、昭和初期の阪神間には、非常に文化的でモダンな土壌があり、だからこそ谷崎も関西に定住したのだろう。

つまり、谷崎は『痴人の愛』の後半を進歩的な女性読者に向けて書いたのだ。そして、その目論見は見事に当たった。『痴人の愛』は評判を呼び、ナオミズムという言葉が世間で流行語になったのだから。しかも、そのナオミズムを支持したのは女性が多かったという。読めばわかるけれど、作中でのナオミは好色で欲深く狡賢い女として描かれており、決して賞賛の対象ではない。実際、ありがたがっているのは譲治だけであり、その譲治にしてからが、彼女の俗物ぶりに関しては批判的で辛辣なことをクダクダと書き連ねている。にもかかわらずナオミは読者の女性たちから、それなりの支持を得たのだ。それは、彼女が、新時代の新しい女性であり、自らの欲望を否定せず、消費生活を全面肯定したからではないか。わかりやすく言うと、ナオミのように贅沢がしたい、勝手に生きて勝手に好きな男たちと遊びたい――という読者たちの秘めたる欲望をこの小説は決して否定はしていないから、女性からの支持を得たのではないか。

驚くべきことには、ナオミズムという言葉と共に、ナオミズムを支持した女性のあいだで洋装が流行ったということだ。大正時代、男性の洋服は広まりつつあったが、女性はまだ大半が和服だった。実際、『痴人の愛』の序盤では、譲治が背広でナオミは和服を着ている。譲治がナオミに様々な服を買ってやることで、ナオミは和装と洋装を使い分けるようになり、最終的には西洋人かと見紛うほどに洋服を着こなすようになる。こういったファッション描写は、まだまだ和服が多かったはずの、当時の女性読者の興味を強く惹いたことだろう。

実際に、女性の間で洋装が増えたのは関東大震災以降であるらしい。大地震が起きた際には、動きにくい和服よりは動きやすい洋服の方が良かろう、ということで洋装が奨励されたのである。伝統的な着物は、社会的な面においても物理的な面においても女性たちの行動を束縛していたわけだ。

作中のナオミは、震災前から洋服と和服を好みで着こなしているから、相当に進歩的な女性として描かれているわけだ。そのナオミを、震災以後の新しい女性たち＝モダンガールが支持したということか。谷崎が生んだナオミというキャラクターが時代のファッションリーダーを演じたのだとしたら、なかなか痛快なことである。

モダンガールの多くは、中流階級から出てきた職業婦人だったという。ナオミがやっていたカフェの女給もそうだけれど、様々な分野において、それ以前の時代よりも女性の職場が増えていた。もちろん明治時代から平塚らいてうのような新しい時代の女性・女性解放運動家はいた。だが、洋装に断髪のモダンガールたちは、別に運動家だったわけではない。時代の変化によって生まれた、新たな職業に従事する者たちであり、それと同時に新たなる消費者層だったのである。

そもそも、女性解放の流れは明治維新から漸進的に進んできたもので、モダンガールにしても、いきなり登場したわけではない。明治の三〇年代以降だと思われるが「ハイカラ」という言葉が流行する。これは明治の男子の流行だった高い襟《ハイカラー》から転じて、西洋かぶれを意味する俗語として広まったが、流行語の常として様々な場面で使われた。そして明治三一年、現在のお茶の水女子大学の前身である東京女子高等師範付属高等女学校が、女学生の服装をそれまでの着流しから女袴と称される斬新なスタイルに変更した。行灯袴とも呼ばれるこの袴は、ロングスカートのようなフォルムでありながら運動がしやすく、袴姿のままで自転車に乗れた。動きやすさと見た目の可愛らしさで、女袴は新しい時代の女学生のファッションとしてすぐに広まる。当の女学生たちも、この袴姿が気に入ったのだろう。彼女たちは、それこそ今時の女子学生たちと同じように、学校の制服となった女袴をベースにしつつ、自分たちが望む姿にアレンジし、新しいファッションを生み出す。

かくして、明治三〇年代あたりから、垂髪にリボンを付け、袴姿で足元は靴というスタイルの、ハイカラな女学生が出現する。この時代の女性たちはまだ髪を結っていたから、真っ直ぐに垂らした髪にリボンというのは、非常に斬新で活動的なイメージがあった。若き日の平塚らいてうが、まさにこのスタイルの女学生だった。そして、このニューファッションは、当時の大人たちからは轟々たる非難を浴びたという。もちろん、女学生たちは小うるさい大人の言うことなどに聞く耳を持たなかった。これも現代と同じような現象である。

断髪に関しては大正年間に先駆者が何人かいた。アララギ派の歌人、原阿佐緒が大正八年に、そして平塚らいてうが婦人参政権運動を進めていた大正九年に、長かったであろう髪をバッサリと切った。学生時代は垂髪だったはずの平塚らいてう、大したファッションリーダーである。しかし、百年ほども前の話なのに、どこの誰がいつ髪を短く切ったという情報が残っているというのは凄い。断髪がそれだけセンセーショナルな話題だったということか。原阿佐緒は、物理学者にして歌人の石原純との不倫事件で世間を騒がせた。石原はアインシュタインの相対性理論を日本に紹介した人物だが、阿佐緒に惚れ込んでしまい、妻子ある身の上なのに彼女に言い寄り、同棲に至る。その時点で阿佐緒には、それぞれに父親が違う二人の子供がいたということもあって、アララギ派をゆるがすほどのスキャンダルになったという。この時代、従来の常識を突き破るような新しい女性が大勢いたのである。それは葉山三千子もそうだったし、伊藤野枝もそうだった。今に残された原阿佐緒（これがもう物凄い美貌である）や平塚らいてうの断髪写真を見ると、いずれも着物を着ているから、まだ断髪と洋装は結びついてはいなかったのか。ただ、何事にも例外的な先駆者はいる。婦人解放運動で有名なアナキストの望月百合子は、読売新聞社の女性記者をしていた大正八年に、同僚の大橋房と相談して、外国人行きつけの美容院で髪を切り、紳士服店で洋服を拵えたという。この時、百合子はまだ一九だった。

昭和初期のモダンガールファッションに関しては、当時の写真や広告など、かなり多くの資料が残っている。今、改めてそれらの画像を眺めてみると、アメリカで「狂騒の二〇年代」と呼ばれた時代に一斉を風靡したフラッパーたちのファッションによく似ている。フラッパーの定番といえば断髪＝ボブカットに短いスカート、ハイヒールというところで、本邦のモダンガールへの影響は明らかだろう。もちろんアメリカでも、フラッパーたちは保守的な層から激しく批判されたが、流行というのは止めようがない。

そして一九二四年、おそらく歴史上最も有名であろうボブカット＝断髪美人が銀幕デビューする。若き日の大岡昇平をも魅了したというルイズ・ブルックスである。彼女の初出演作が大正一四年の『或る乞食の話』(「The Street of Forgotton Men」一九二五 ハーバート・ブレノン)で、これと翌年の『美女競艶』(「The American Venusu」一九二六 フランク・タトル)が、共に大正一五年に日本で公開されている。どちらもブルックスは脇役だけれど、スチールなどを見るかぎり、あのボブカットはやはり目立っている。

フラッパーをはじめとする二〇年代辺りの文化がどのように日本に入ってきたのか、詳しく調べるのは困難だけれど、二一世紀になった今でも広告に使われることのあるルイズ・ブルックスは相当な影響力を持っていたのではないか。彼女より高い評価を受けた女優はいくらでもいただろう。だが、ビジュアル面での影響力において、ブルックスに匹敵できる人はちょっといない。しいて言うならオードリー・ヘップバーンくらいだろうか。昭和の美女の代名詞ともなったマリリン・モンローですら、その面では一枚落ちる。フラッパー文化や、ブルックス映画の輸入によりボブカットが日本でも広く知られて、望月百合子や平塚らいてう、原阿佐緒たちの断髪と合流し、モダンガールの誕生につながったのかもしれない。

一九七〇年代に大ヒットした大和和紀の漫画『はいからさんが通る』は、大正時代を舞台に、若き日の平塚らいてうのようなハイカラな女学生の生き様を描いた作品である。ヒロインの「はいからさん」こと花村紅緒は、垂髪リボンに袴の女学生として登場し、社会に出てからは断髪で洋装のキャリアウーマンとして出版社で働くようになる。断髪に洋装といえばモダンガールの証ではないか。つまり、この漫画は、ハイカラ女学生からやがて出現する自立したモダンガールへの、新しい女性像の変貌を非常に上手く描いていたのだ。ここで『痴人の愛』前半部分のナオミのファッションを、ちょっと確認してみよう。

†

ナオミは銘仙の着物の上に紺のカシミアの袴をつけ、黒い靴下に可愛い小さな半靴を穿き、すっかり女学生になりすまして、自分の理想がよう〳〵かなった嬉しさに胸をときめかせながら、せっせと通いました。おり〳〵帰り途などに彼女と往来で遭ったりすると、もうどうしても千束町に育った娘で、カフェエの女給をしていた者とは思えませんでした。髪もその後は桃割に結ったことは一度もなく、リボンで結んで、その先を編んで、お下げにして垂らしていました。

†

はいからさんと同じである。ナオミがカフェで女給をやりつつ、心密かに女学生に憧れていたのだとしたら、そこには学問への憧れもあったにせよ、女学生という社会的な立場が、ナオミにとっては手を伸ばしても届かないほど高い場所にあったのが最大の理由ではないか。浅草、千束町の辺りにもハイカラな女学生はいただろう。ナオミは、同年輩の女学生たちと同じように、リボンを結んで学校に行きたかったのだ。髪を桃割に結いながらも、いつかはお下げ髪を風になびかせて、街を歩いてみたいと思っていたのだ。だとすると、ナオミが芸者になるのを嫌がって、カフェの女給をしていた理由もなんとなく察せられる。芸者よりもカフェの女給の方が新しい職業だ。続けて、作品の終盤で洋風美人に変身したナオミの髪型を確認してみようか。

†

よくよくその顔に注意すると、成るほど面変りをしたのも道理、彼女は生え際の髪の毛を、二三寸ぐらいに短く切って、一本々々毛の先を綺麗に揃えて支那の少女がするように、額の方へ暖簾の如く垂れ下げているのです。そして残りの毛髪を一つに纏めて、円く、平に、顱頂部から耳朶の上へ被らせているのが、大黒様の帽子のようです。（『痴人の愛』二十五）

†

これは確かに断髪ではない。だがしかし、非常にハイカラであり、モダンな髪型ではある。ナオミはこの他にも眉の形を書き変えたりしている。現代の女性たちと同様、眉の形は自分で作るもの、デザインするものという認識があったわけだ。

『痴人の愛』新潮文庫版に詳細な注解を付けた細江光は、ここでのナオミの髪型について「この髪型は、この頃、流行した耳かくしか。」と書いている。

「耳かくし」は大正一〇年頃から洋服にも似合う髪型として流行り始めた、いわゆる「洋髪」の代表的なもので、髪にゆったりとしたウェーブをつけて両サイドに流し、両耳を隠すようにして後頭部でまとめたものである。この「耳かくし」よりさらに進歩的なのが断髪ということになる。古き和風の結髪とはシルエットがまったく異なるから、耳かくしで洋服を着ておれば立派なモダンガールだ。

ナオミのファッションは、それこそ平塚らいてうの如く、ハイカラ女学生からモダンガールへの時代の変化をちゃんと押さえていたということか。もちろんナオミはニセ女学生でしかないけれど、彼女にとって重要なのは何よりも外見である。ちょっと気になったのが、生え際の髪の毛を二、三寸に短く切って、毛先を揃え、額の方へ暖簾のように垂らしているという描写である。耳かくしの場合、前髪はウェーブをつけて額になめらかな曲線を描いているから、暖簾のように垂れたりはしない。ナオミのこの髪型は、耳かくしとはちょっと違うのだ。では、この特徴のある髪型は、いったいどこから来たのだろう。

まず考えられるのは、アメリカ映画、もしくはイタリア映画など洋画の影響であろう。そしてもう一つ、女性のファッションを考える上で非常に参考になりそうなアイテムが谷崎にはあった。ナオミが購読していた『ヴォーグ』である。

作中でナオミは何度も着替えをし、変貌しつづけるが、その変化は常に新しい時代の方を向いており、なおかつ社会的な地位の高い方向を向いている。ナオミの冒険のゴールとなる、最終章における横浜でのハイソなマダム生活にたどり着くまで、彼女の楽しげな階級闘争は続けられる。

明治以降の日本文学は、様々な書き手が試行錯誤して、新しく強い女性像を描こうとしたけれど、『或る女』にしろ『虞美人草』にしろ、強いヒロインは最後には死ぬ場合が多いように思われる。彼女らは、言ってみれば旧来の常識・良識の破壊者だ。旧態来の女性像を、本当に打ち破るような新しい女を描こうとした作家が、ラストでヒロインを死なせてしまうのは面白い現象ではないか。そこには、先進的な作品を書こうとする作者の、ある意味保守的な側面が垣間見えるからだ。有島の『或る女』に至っては、ヒロイン葉子のモデルとされる佐々城信子がまだ生きているにもかかわらず、有島は、瀕死の状態である葉子が病でもがき苦しみ、もはや助かるまいという場面でこの大長篇を終わらせているのだ。葉子にしろ、『虞美人草』の藤尾にしろ、彼女らを死なせないと小説が終われないようなところはある。漱石も有島も、彼らの時代における「新しい女」の長篇小説を書いた。負けん気の強い谷崎のことだから、彼らのことは意識していたろう。そして、おそらく、谷崎は彼らを乗り越えたかった。

『痴人の愛』を書いた後の昭和六年、『婦人公論』に発表した「戀愛及び色情」という随筆で、谷崎は漱石の描くヒロイン像に触れている。

> 文學は時代の反映であると同時に、時代に一歩を先んじて、その意志の方向を示す場合もある。「三四郎」や「虞美人草」の女主人公は、柔和で奥床しいことを理想とした舊日本の女性の子孫でなく、何んとなく西洋の小説中の人物のやうな氣がするが、あの當時さう云ふ女が多く實際にゐた譯ではないとしても、社會は早晩所謂「自覺ある女」の出現を望み、且夢みてゐた。私と同じ時代に生れ、私と同じく文學に志したあの頃の青年は、多かれ少かれ皆此の夢を抱いてゐたであらうと思ふ。(『戀愛及び色情』)

谷崎が、そして当時の文学青年たちが、何をやろうとしていたのかがよくわかるし、また彼らが文学というものをどう捉えていたかもよくわかる。そしておそらく谷崎は、時代を反映し、なおかつ時代に一歩先んじて、その意志の方向を示すためにナオミを創造したのである。

十一 戯曲と脚本のちがいに気づいて小説を書く

『鮫人』で谷崎がおそらく一九世紀のヨーロッパの長篇小説を意識していたことは先に述べたとおりだ。今東光『十二階崩壊』によれば、谷崎は恐るべき読書家であり、バルザックのような仏文は英語訳で読破していたらしい。実際、『鮫人』を読むと、部分部分の迫力は、彼が意識したであろうバルザックやゾラのそれに肉薄するような文章になっている。

ただ、『鮫人』では、登場人物たちの会話の中で、西洋の芸術と東洋の芸術の違いに関する会話が交わされている。谷崎は『鮫人』を、西洋の小説を意識した文章で書き始めながら、芸術における西洋と東洋の違いについても考えており、おそらくはかなり悩んだのではないか。それが、構成の失敗と中断、という結果に繋がったと考えるのは妥当な線だろう。

ちなみに芥川龍之介は、谷崎に薦められてバルザックをかなり読んだらしいが、芥川本人はバルザッ

『刺青』戦後の限定版

クのような大長篇を書いていないし、書こうとしたという話も聞かない。無謀にも真っ向から体力勝負でバルザックに挑む谷崎とは違い、聡明で腺病質な芥川は自分の資質をよく理解していたのだ。

そもそも、明治以降の近代日本文学、特に小説は基本的にヨーロッパからの輸入品である。もちろん日本には、後に谷崎が現代語訳に挑んだ『源氏物語』があるし、『南総里見八犬伝』を書いた曲亭馬琴がいたわけで、昔から長篇小説と言えるものはあった。谷崎自身も、後年の『吉野葛』では曲亭馬琴の名前を出しているし、幾つかの作品では伝奇的な時代小説に挑戦しているから、自国の文学的遺産に関しては、その価値を充分にわかっていた。

とはいえ、明治一八年には坪内逍遙が『小説神髄』を発表している。江戸時代の戯作とは違った、新しい小説を書くべしというマニュフェストである。『小説神髄』はかなり啓蒙的な読み物だが、その啓蒙思想自体が、明治の文明開化により広まったものだ。これが当時の物書きや、作家志望の若者たちに大きな影響を与えた。谷崎が、日本映画が将来持つべき芸術性について書いたマニフェスト的な文章には、いくぶんか『小説神髄』における逍遙の影響を感じる。

ちなみに、小説の革新を唱えた坪内逍遙自身は、小説家としては革新的な作品を残してはいない。坪内が、己の理論を実践するために書いたといわれる『当世書生気質』を今読むと、彼が批判していた江戸時代の戯作とあまり変わらないように見える。特に、文章が古めかしいのだ。新しい小説を書くためには、新しい日本語の文章が必要だったのだが、アジテーターである逍遙にはそこまで手が回らなかった。実際に、革新的な日本語の小説を書いたのは、坪内のもとに出入りして『小説神髄』の補完ともいうべき論文『小説総論』を書いた二葉亭四迷である。彼の『浮雲』こそが現代の日本語に通じる言文一致の開祖となった。ロシア語に堪能だった二葉亭は、『浮雲』とほぼ同時期にツルゲーネフを翻訳しており、それもまた日本の作家たちに大きな影響を与えた。明治の、二葉亭以降に登場した作家たちはほぼ全員が『小説神髄』と、二葉亭が切り拓いた言文一致の影響下にあったと言っても過言ではない。

そしてこの流れを、さらに拡げたのが夏目漱石だった。『浮雲』の時点ではまだ言文一致は完成形にはなっておらず、今読み返すと多少古めかしい。二葉亭は、その後一時期文学から遠ざかり、一五年以上たってから文壇に復帰した明治三九年の『其面影』と、その翌年の『平凡』で、やっと二葉亭流の言文一致が完成した感があるが、なんと漱石が処女作『吾輩は猫である』を書きだしたのが明治三八年だ。漱石自身、その後も様々な作品で試行錯誤を試みているから、日本語の言文一致は二葉亭から漱石へのバトンリレーで完成したという見方ができる。もちろん、この二人だけではなく、数多くの作家たちが新しい時代のための日本語のフォーマットを生み出そうと試行錯誤を重ねた。

漱石が今でも読まれる理由は、その日本語が古びていないからだ。漱石と同じ時代に活躍した作家は山ほどいたが、それらの多くが忘れ去られた最大の理由は、文章＝文体の古めかしさだろう。文章というのは、ハードウェアのようなもので、古くなると再生するのが困難になる。

我らが谷崎も、二葉亭以降、漱石以降に出てきた作家なので、彼らの影響下にあり、なおかつ日本語の方法論に関してはきわめて意識的な作家だった。以下は、昭和四年に谷崎が書いた「現代口語文の缺點について」の冒頭である。

†

明治の中葉以後に始まつて今あるやうな發達した日本文の形式――いはゆる言文一致體、或いは口語體と稱する文體は、現在では殆ど完成の域に行き着いたといつてゐゝ。しかしながら私のやうに日常文筆を以て世渡りをしてゐる者は、自分が始終此の文體を使ひこなしてゐるだけに、實際の經驗上から、いろ〳〵の缺點にも氣がつき、まだいくらでも改良すべき餘地があることを、しみ〴〵感じさせられる。(「現代口語文の缺點について」)

†

こういうことを考えていた人なのだ。後期の谷崎は『春琴抄』や『盲目物語』などで、日本語のアクロバットとでも言えるような文章を生みだすが、あれもおそらく、己の日本語を意識的に改良し倒した結果の産物なのだろう。谷崎小説の処女作である『刺青』は明治四三年、漱石の『吾輩は猫である』から五年後だから、言文一致体はかなり完成しつつはあった。『刺青』を書くにあたって谷崎は漱石作品の大半をを読んでいただろうし、漱石以前からの言文一致運動のことも把握していた。今読むと、いささか古風にも見える『刺青』の文章だけれど、これは当時の最新モードである言文一致を若き日の谷崎が吸収し消化した上で、意識的にあえて擬古文調を演出した結果、生まれた文章なのだ。だからこそ、漱石と同じく谷崎の作品は時代を超えて生き延びた。谷崎は書くことの方法論に意識的であり、長いキャリアの中で、何度も文体の実験を試みた。『鮫人』におけるヨーロッパ風一九世紀型長篇小説への挑戦も、その試行錯誤の一環だったはずだ。

その辺で妙に気になるのが、基本的には先輩である漱石を尊敬していたはずの谷崎が、漱石の『門』を批判していることだ。『新思潮』の明治四三年九月号に発表された『「門」を評す』である。

†

僕は漱石先生を以て、當代にズバ抜けたる頭脳と技倆とを持つた作家だと思つて居る。多くの缺點と、多くの非難とを有しつゝ猶先生は、其の大たるに於いて容易に他の企及す可からざる作家だと信じて居る。

†

とりあえず、漱石を持ち上げるところから書きはじめているが、谷崎の言いたいことは、およそ末尾の三行に記されている。

†

先生の小説は拵へ物である。然し小なる真實よりも大いなる意味のうその方が價値がある「それから」はこの意味に於いて成功した作である。「門」はこの意味に於いて失敗である。
僕等の先生である人に對して、不遜な論評を敢てした事は重々お詫びをする。

†

先にも書いたように『新思潮』は小山内薫が明治四〇年に創刊した文芸誌だが、合計六号まで出したところで中断していた。谷崎が参加するのは、友人の芦田均や和辻哲郎、木村荘太らと共に立ち上げた第二次『新思潮』で、この九月が創刊号だった。『刺青』が掲載されるのは、一一月の第三号だ。この、第二次『新思潮』も長くは続かなかったが、ここで発表した作品が永井荷風に高く評価されたりして発表の場が広がり、単行本の出版につながってゆく。つまり『新思潮』は谷崎の実質的なデビュー媒体なのだ。そういう発表の場で若き谷崎は、創作による本格的なデビューに先駆けて、漱石批判を発表したことになる。その作風を考えれば、谷崎が資質的に漱石よりも荷風に近いのは明らかであり、デビューするかしないかという若者が、当時すでに権威のあった漱石に噛みつくのも、それほど奇妙なことでもない。昔の文学者は人気商売なので、文壇で権威のある作家を批判することで若手が名を上げるというプロレス的な側面はあった。トルストイの死にまつわる一件で、正宗白鳥に噛みついた小林秀雄などが、その好例だろう。あれは、小林秀雄の言いがかりと言っても良いのだけれど、なんとなく、若い読者の共感を呼ぶような文脈になりえている。小林の反骨プロレスがキャッチーだったのだ。

それに比べて谷崎の『「門」を評す』は、それほど歯切れがよくはない。冒頭で、漱石先生と持ち上げつつ、漱石の筆力に関しては高く評価しながらも、とにかく『門』という作品には納得がいかないようで、ネチネチとケチをつけているような文章だ。まあ、これだけなら、後の文豪の若書きということで済むだろう。だが谷崎は、それから一〇年以上経った大正九年の『藝術一家言』という文章で、またしても漱石作品を批判する。まずは、そのはしがきから引用するとしよう。

†

ところで去年あたりから屢々「日本の文學は明治以後どのくらゐ進歩したか」とか、「一體小説とか戯曲とか云ふものは日本にも昔からあることはあったが、それが文學の中心を占めるやうになつたのは西洋文化の影響を受けた以後の現象で、われ〳〵は結局小説戯曲を以て西洋のに劣らない藝術を作り出せるか」とか、そんな問題を考へさせられることが多く、その爲に紅葉露伴以後の作品を、少年の頃に讀んだきりもう二十年近くも顧みなかった物から始めて、近くは漱石以後の二三の作家に至るまで、別段どれと云ふ順序もなくポツポツ讀んで見るやうにし、暇があれば讀後の感じをノートの端へ書き止めて置くやうにした。

執筆意図は明白である。はしがきに続く「その一」で谷崎は、里見弴の作品を取り上げて、あれこれと批評の言葉を述べる。谷崎と里見は交友があったが、根っから辛口の谷崎は、文句のあるところは容赦なく批判しつつ、褒めるべきところはちゃんと褒めている。ここだけ読むと、同時代を生きた作家から作家への、ある意味誠実な批評という感じがしないでもない。ところが、それに続く「その二」の部分では、里見の作品を持ち上げて、その対比として未完となった漱石の遺作『明暗』を落とす、という、いささかいやらしい論を展開するのだ。

ところで「明暗」の方はどうであるか？　あの長編のどの一行にでも、前者のそれに匹敵するほどの力の籠もつた、緊張した部分があるであらうか？

いきなりこの調子だ。里見の作品を持ち上げたのは『明暗』を叩くためだったのかと思わずにはいられない。『「門」を評す』の頃よりは、文章は明らかに闊達になっているが、相変わらず漱石の遺作について、自分が気に入らない理由をグダグダと述べており、その論旨はあまり明確ではない。

それならなぜ、傑作でないところの「明暗」を持ちだして、云はずともよい悪口を云ふのであるか？——私は死んだ夏目先生に對して敬意をこそ表すれ、決して反感を持つてはいない。にも拘らず、「明暗」の悪口を云はずに居られないのは、漱石氏を以て日本に於ける最大作家となし、就中

その絶筆たる「明暗」を以て同氏の大傑作であるかの如くに推賞する人が、世間の知識階級の間に甚だ少なくないことを發見したからである。

ついに悪口と言ってしまった。自分が気に入らない作品の、世評が高いことが気に入らないという、子供みたいな理由である。ちなみに、今東光の『十二階崩壊』を読むと、谷崎は漱石に関して〈本当は、『坊っちゃん』くらいしか評価していないんだ〉というようなことも言っていたらしい。これは、家族同様の付き合いをしていた今東光との与太話を、何十年も後に今が小説化したものだから、どこまで本当かは定かではないが、谷崎が漱石の功績を最大限に評価しつつも、漱石の作品を好きになれなかったのはどうやら事実のようだ。「その三」でも『明暗』批判は続き、こんなことまで書いている。

だが、飜つて考へるのに、漱石氏に斯くの如き自己解剖を要求することは抑も無理な注文かも知れない。なぜなら、前にも云つたやうに、氏は飽く迄も東洋藝術に傾倒する詩人であって、新しい意味に於ける近代の小説家ではないのであるから。小説に於ける氏の傑作が「草枕」であり、「門」であることは、氏の藝術上の本領が何處にあるかを語るに足る何よりの憑據《ひようきよ》であると思ふ。此の二つの作品は、小説にするよりは寧ろ漢詩や俳句を以てした方が適當ではなかつたかと思はれるほど、それほど東洋的な低徊趣味に終始してゐるものであつて、進んで新しい美を築き上げようとするよりは、退いて舊い美の中に浸り込むまうとするかのやうに感ぜられる。

いつから、谷崎の中で『門』が漱石の代表作になったのだ。この人は、かつて『門』に対する文句をネチネチと書き連ねたのを忘れたのだろうか。しかし、ここには谷崎の本音があると思う。これが書かれた大正九年といえば『鮫人』の連載中であり、大活に招かれたのも同じ時期だ。『鮫人』を読むと、主要登場人物の一人である服部と友人南の会話の中で、東洋と西洋の芸術の違いに関する会話がなされている。おそらく谷崎は、西洋の小説を目標とした『鮫人』を書きながら、漱石のことを考えていたのではないか。確かに漱石の小説は、『吾輩は猫である』からして、落語的な背景をもって成立した長篇であり、西洋的な小説とはひと味違ったスタイルだとは思う。留学経験もあり、西洋に関する深い教養を持つ漱石が、落語を使って、東洋式というか日本的な小説の書き方を確立したのだとしたら、それは大したもので、むしろ褒められるべきだと思うのだが、当の谷崎は、この当時書きかけの『鮫人』で日本語による西洋風の小説を作るべく四苦八苦していた。もちろん明治にも大正にも、長篇の小説を書いた人は大勢いて、その中には良いものも悪いものもあったろう。谷崎は、人の作品はあまり読まない、と言いながらも同時代の作家たちの動向には敏感だった。そんな中で、わざわざ漱石を選んで集中砲火を浴びせたのは、やはり内心では谷崎が漱石を評価していた証拠ではないか。漱石の数々の仕事を尊敬はするが、その作品にはなにか納得できない、というところがあったのだろう。それくらい、谷崎は、漱石を超えるような長篇が書きたかったのだと思う。明治時代から短篇は上手いのだから、それを積み重ねて長篇にするという手法もありえたはずだが、谷崎はそれをしなかった。正面から、西洋風の長篇を書こうとして頓挫した。

実際、『鮫人』は、大勢いる登場人物が動き出したばかりというところで中断しており、まだまだ続きを書くことはできたはずだ。なのに中途で筆を置いたのは、谷崎自身が現状の方法論で書きつづけても、良くはならないと悟ったからではなかったか。

『鮫人』の中断は、ちょうど大活の仕事が忙しくなるのと並行している。この間に谷崎が書いたのは映画化されなかった脚本『月の囁き』に、泉鏡花の『葛飾砂子』の脚色と、映画方面の仕事が多い。私生活では、千代夫人をめぐる佐藤春夫とのいざこざが続いており、なかなか大変な状況だったようだ。この時期の小説はほぼ短篇ばかりで、あとは映画にまつわる随筆と戯曲を書いている。大正一〇年の晩秋には、経営不振から浅野財閥が大活に見切りをつけたので、谷崎も映画から手を引くことになる。旧作があるので、その新刊は出たりはするが、本人はスランプ、もしくは次なる方向性を模索していたのではないか。映画の仕事にはかなり賭けていただけに、その挫折によるショックも大きかったろう。その後、戯曲を書いたりしているのは、一時期集中して映画の脚本を書いた余波だろうか。戯曲はもともと達者な谷崎だけれど、映画脚本の後に戯曲を書くことで、両者の形式の違いがはっきりとわかったはずだ。

そして大正一二年には、焦点の定まらない微妙な作品ではあるが、非常に重要に思える『アヱ・マリア』と、大活での経験をそのまま反映したような『肉塊』がある。これより少し前の短篇『青い光』を含めて、この時期の作品は『痴人の愛』に至る助走だったと思う。いずれも興味深くはあるが、なんとも煮え切らない作品を連打していた谷崎が、この年の九月に罹災、関西に移住して、翌年関西で書きはじめたのが『痴人の愛』だ。ここでいきなり、長年のスランプを脱した感がある、直前の『肉塊』などとテーマが被っているから、確かに同じ作家のものだとは思えるけれど、小説としての魅力は段違いだ。この人は、震災の前後で確実に何かを摑んだのだ。

何年もの間、書こうとして書きそびれていた長篇を、ついに書き上げたというのはもちろん、やっと出来た長篇で一世を風靡したのも凄い。何しろ『痴人の愛』はナオミズムという流行語まで生んでいる。ナオミは、新しい時代の新しい女性の、ロールモデルのひとつになりえたのだ。漱石が描いた『虞美人草』の藤尾や、有島の『或る女』と比べても、ナオミは確実に新しい（ナオミ自身は、俗物で、何一つ生産的なところがなく、怠惰で浪費家のダメ人間なのだけれど）。

谷崎潤一郎最大の謎は、『痴人の愛』がなぜ成功したか？　ということに尽きる。これ以降も谷崎は色んな小説を書くわけだが、『痴人の愛』は明らかに分水嶺となっており、これ以前と以後では、物書きとしての器が違って見える。何よりも、あれほど苦心惨憺し、中絶した長篇が書けるようになったのは大きな変化だろう。大長篇といえるのは『細雪』くらいだけれど、『痴人の愛』以後の谷崎は長めの中篇もしくは短めの長篇で数多くの傑作を残している。『卍』にしろ『鍵』にしろ、相当に複雑な構造で、高度な手法の産物であり、大正期の『鮫人』や『肉塊』とはものとしての造りが、奥行きが、完成度が違う。大人と子供と言ったら失礼だけれど、大学の教養課程と大学院くらいの違いはある。また、後期には、『蘆刈』や『吉野葛』のように、本来なら長篇にもなりうる題材を濃密に描いて、長くなる一歩手前で余力を残して仕上げた作品がけっこうある。たとえば『春琴抄』の、濃縮スープのような文章を見よ。かつての長篇コンプレックスは解消されたのだ。

そのターニングポイントが何かというと、これはやはり『痴人の愛』で間違いないのだ。谷崎潤一郎は『痴人の愛』を境に、気鋭の作家から文豪という言葉にふさわしい大作家に変身したのである。

では、『痴人の愛』は、それ以前の作品と何が違うのだろう。とりあえず、僕が気になった点は二つある。一つは、固有名詞と外来語の多さだ。女優の名前を筆頭に、『痴人の愛』には大量の固有名詞と外来語がでてくる。固有名詞とは、他のものとは交換不可能な要素だ。たとえば、終章でナオミが読んでいる『ヴォーグ』がある。『ヴォーグ』は有名なファッション雑誌だけれど、有名なファッション雑誌なら、なんでも『ヴォーグ』というわけではない（当たり前だ）。『ヴォーグ』は『ヴォーグ』以外のものとは交換不可能なのである。

小説なりなんなり、創作の中で、固有名詞や外来語を使うことには、ある種のリスクが伴う。特に、風俗にまつわる言葉には、時代の流行語という側面があり、流行語は廃れると意味不明になるからだ。流行語を多用して小説を書いたとして、その時は売れるかもしれないが、その流行語が廃れた後は、作品そのものが廃れる可能性がある。流行語には、その時その時の世相を反映したものが多いので、時代が変わるとニュアンスがわからなくなる。地名などを除くと、固有名詞にはあまり普遍性がないのだ。ゆえに、ものを作る人間、そういう固有名詞に頼らないようにする。『痴人の愛』以前の谷崎も、小説を書く上で、あまり固有名詞に頼らないようにしていたのではないか。ところが、『痴人の愛』においては、商品名などの固有名詞を頻出させた。これは、ある種の賭けだったかもしれないが、谷崎が行った固有名詞の羅列は、結果的に大正の風俗を作品の中に刻み込むことになった。大正という時代は過ぎ去っても、そこにあった文化や風俗が、『痴人の愛』の中にいつまでも残されているのだ。

この小説には、煙草の銘柄が二回出てくる。前半の第二章で譲治が吸っている敷島と、終盤でナオミが吸っているディミトリノの細巻だ。敷島は、明治三七年から発売され、第二次大戦中まで製造が続いたロングセラー、もちろん庶民のタバコである。それに対してディミトリノはエジプトからの輸入品、敷島とは段違いの高級品で、ナオミたちの生活の変化がタバコの銘柄によっても、はっきりと描写されているわけだ。こういった、小道具を使った時間経過の演出は、非常に映画的なものであり、大活での映画経験を小説に反映させようという試みの一つだろう。思えば一九世紀の欧米の長篇小説には、時代風俗のカタログという側面があった。そこで語られる物語の筋とは、直接関係のないような描写がふんだんにあり、それが作品に厚みを加えている例がいくつもあった。

たとえば、『戦争と平和』における、作者の歴史論とも言うべき部分は、ストーリーの面から見ると、読み飛ばしても問題がないように思えるのだけれど、あの部分があるからこそ、あの長大な小説が立体的な構築物に見えてくる。さらに別の例を挙げるなら、ハーマン・メルヴィルの『白鯨』がある。『白鯨』は、シンプルなプロットで構成された物語の中に、大量の「鯨学」とでも言うべき、鯨の生態や捕鯨に関する文章が挿入されており、異様な迫力を醸し出している。『戦争と平和』の歴史論にしろ、『白鯨』の鯨学にしろ、読んでいると、一瞬ストーリーを忘れそうになる。おそらくそれは、ストーリーを追うのが目的であるはずの読書が、小説の外側にある世界につながる瞬間なのだ。一九世紀的な長篇小説の濃密な細部にはそのような作用があるのだと、僕は考える。

谷崎はおそらく『鮫人』を書く上でバルザックやゾラの重厚な描写を意識していたと思うが、結果的に失敗した。何しろ、浅草オペラという、当時の流行りもの、非常に軽佻浮薄な素材を扱いながら、『鮫人』はやたらと重いのだ。それで『痴人の愛』では、書き方から、思い切って軽佻浮薄にしてみたのではないか。それは、大正の日本でバルザックのようなことをやろうとしても、まず同じことは出来ないという、ある種の諦念が生んだものかもしれないが、少なくとも『痴人の愛』は軽快で『鮫人』より読みやすい文章になっている。譲治とナオミが生きた、大正という時代が、外来語や固有名詞によって、パノラマのように軽やかに展開される。谷崎は、おそらく、関東大震災の前後に、自分なりの長篇の書き方を摑んだのだ。それを摑むきっかけのひとつに、映画製作があったのは確実だろう。

この前後の、きわめて短い期間に谷崎は、小説、映画脚本、戯曲という、三つのジャンルを手がけている。どれも同じように、物語を語るための方法だけれど、それぞれの特性は大きく違う。このうち、実際に作品を作る上で、書き手自身が顕著な違いを感じるのは、一見似たような形式である脚本と戯曲だ。なぜかというと、映画の脚本は、自由自在に場面転換ができる。複数の場所で、同時に起きる事柄を、交互に場面転換することで、平行して進む時間軸を描けるのだ。それに対して、舞台で演じることを前提として書かれる戯曲では、幕を引いたり、暗転したりして、舞台装置を変えないと場面転換ができない。谷崎とトーマス栗原の共作『アマチュア倶楽部』でも、頻繁に場面転換が行われており、それが当時の日本映画におけるこの作品の斬新さを表していた。谷崎は、映画に関わる中で、映画というメディアの特性を理解し、把握したに違いない。

映画における場面転換の利便性は、実は一九世紀の小説がルーツである。実際、モンタージュ理論を確立したことで有名な『戦艦ポチョムキン』の映画監督セルゲイ・エイゼンシュタインは、ディケンズなどの小説から、頻繁に場面を転換するモンタージュのヒントを得ている。

『鮫人』執筆からの時系列を考慮すると、谷崎は、一九世紀的な小説を読み、深く研究して、まさに一九世紀的な長篇小説を書こうとしている最中に、大活という映画会社に呼ばれたわけだ。一時期は『鮫人』と複数の脚本を平行して書いている。谷崎はもともと、方法論に自覚的な作家である。大活での脚本執筆が、小説に影響を与えなかったとは思えない。

　そしてもう一つ、『痴人の愛』がそれ以前の作品と違うところは、非常に喜劇的な構造を持っていることだ。男性と女性がいて、男性の方が奔放な女性に振り回されるというプロットは、とりあえず男性を喜劇的に描くことを可能にする。譲治という人間が喜劇的なのは、題名の「痴人」にも表れている。『痴人の愛』の直前に書かれた『肉塊』でも、転落してゆく男性の末路は悲喜劇として描かれており、本格的な喜劇への萌芽が垣間見えるが、『肉塊』のヒロインのグレンドランは、単に不貞で金銭欲の強い悪女であり、人物造形も薄っぺらい。そういう意味で、『痴人の愛』における小説としての凄さは、ナオミもまた喜劇的な存在として描かれている点ではないか。ナオミの俗物性に関しては、他ならぬ譲治自身がよく理解している。ナオミに魅せられていながら。彼女の俗物的な側面を、冷静に観察している譲治の眼差しは、時として意地悪にすら思える。つまり、主人公がグレンドランにただ溺れてしまう『肉塊』よりも、悪女が客観視されているわけだ。

　譲治のナオミに対する時として辛辣な眼差しに、僕は『ボヴァリー夫人』を思い出す。あの小説の主人公エンマは、ロマンチックな思いに病んでしまったという点では譲治に近く、不倫する人妻という点ではナオミに近い。

　『ボヴァリー夫人』におけるフローベールの描写は、登場人物に対して、きわめて辛辣なものだった。エンマ本人が、どんなにロマンチックになっても、傍から見た現実は全然ロマンチックなものではない。フローベールはとても意地悪な語り手なのだ。だがしかし、登場人物に対して意地悪で辛辣だからこそ、『ボヴァリー夫人』は客観性のある近代小説になったわけだ。

『痴人の愛』にしても、譲治がナオミの美しさを賛美するだけだったら、悲劇的なロマンスにはなっても、喜劇的な近代小説にはなりえなかったのではないか。ナオミは英語やダンスを習うことで、浮気相手の男たちと知り合い、その世界を広げてゆくが、ナオミの行動場所には、譲治もしばしばついて行く。譲治一人だったら、決して足を運ばなかったであろう場所に行き、慣れないダンスを踊らされたりもする。そこには、ナオミ以上に魅力的な女性もいたりするわけで、この男はその度に脳内で女たちを品定めし、白人女性の体臭を嗅いでうっとりとしたりもする。

この場合、譲治を見知らぬ世界へと誘ったのはナオミということになる。だがそれは、同時に譲治に深い幻滅をもたらすこともある。ロマンチックな思いが、結果的に幻滅を生むという点でも『痴人の愛』は『ボヴァリー夫人』に似ている。谷崎は、英訳本を中心に一九世紀ヨーロッパの小説を大量に読んでおり、『鮫人』ではバルザックの手法を取り入れようとしていたから、フローベールからも何かを取り入れようとしていた可能性はある。

✝

何だ？
これがダンスと云うものなのか？　親を欺き、夫婦喧嘩をし、さんざ泣いたり笑ったりした挙句の果てに、己が味わった舞踏会と云うものは、こんな馬鹿げたものだったのか？　奴等はみんな虚栄心とおべっかと己惚れと、気障の集団じゃないか？――（『痴人の愛』十一）

✝

譲治が階級闘争を行っていると先ほど書いたが、おそらく彼は、社交界の連中に幻滅したこの辺りで、その闘争が虚しい結果にしかならないだろうことに気がついている。彼がなりたかったはずの上流階級に辿り着いたとしても、そんなに良いものではないようだと、ナオミの下衆な行動が譲治に教えてくれるのだ。

そう、譲治がナオミを教育することで始まったこの小説において、後半部分ではナオミが譲治を教育し、譲治はナオミから何かを学んでいるのだ。おそらくはそれが、『痴人の愛』という小説の不思議な最終章へと繋がっている。

『ボヴァリー夫人』は、ヒロインの死と、非常に俗物的なオメーという人物が社会的に成功するという皮肉をもって結末を迎える。ある意味、まことに近代小説らしいラストシーンだけれども、谷崎はそれとは違う形で『痴人の愛』を終わらせる。それは、とても二〇世紀の小説にふさわしい方法であり、大正一三年の時点では谷崎潤一郎にしか書けなかったはずの、非常に実験的な手法で書かれている。だが、谷崎の語り口があまりにも流暢なので、『痴人の愛』が、たとえばジェイムズ・ジョイスの『ユリシーズ』にも劣らぬ先鋭的な手法で描かれた小説であることに、読者はなかなか気づかないのだ。

『痴人の愛』の喜劇性を理解するための補助として、もう一つ、別の一九世紀小説に触れておきたい。ドストエフスキーの『貧しき人々』だ。この作品は、マカール・ジェーヴシキンという初老の貧乏役人と、ワーレンカという少女の往復書簡で構成されている。どちらも不遇な環境に生きており、お互いを憐れみあうような、切ない手紙がやりとりされる。

表面的な部分だけを読むと、物悲しいように見えるのだけれど、これが実は抱腹絶倒の喜劇としても読めるのだ。なぜなら、ジェーヴシキンとワーレンカの手紙をよく読むと、彼らはお互いの立場に同情しあうのみで、決して相互的な理解はしておらず。ちゃんとしたコミュニケーションが成立していないのである。特に後半はやたらとおかしい。ジェーヴシキンがワーレンカに恋心を抱いているのは明らかなのだが、ワーレンカは、まったくそれに気づかないで、金持ちとの結婚話が持ち上がると舞い上がってしまい、その浮かれた思いを楽しげにジェーヴシキンへの手紙に書き連ねるのだ。

片思いの相手が自分の思いに気づいてくれないばかりか、他の男に対するノロケを手紙に書いてくる。彼女に惚れたジェーヴシキンにとっては生地獄のような話だけれど、読者にとっては他人ごとなので、ついついい笑ってしまうのだ。

ドストエフスキーという人は、こういう、悲劇だけれど客観的に見ると喜劇、という構成がめちゃくちゃ上手く、他の作品でも大半が喜劇の構造を持っている。長篇においては、つくりがあまりにも複雑なのでここでは触れないが、中篇の——たとえば『白夜』の——プロットを細かく分析してみると、この小説の構造が、とんだドタバタ喜劇であることがわかるはずだ。

ドストエフスキー作品の喜劇性に関しては、ミハイル・バフチンや、書くことの方法論に極めて自覚的だった小説家、後藤明生が色々と掘り下げている。僕は『貧しき人々』を「これは、ひどい話やなぁ」と、大阪弁で半ば呆れつつ読んだし、『白夜』もまた同じように、呆れつつ腹を抱えて笑いながら読んだ。いずれも滅法ひどい話なのだ。特に『白夜』のドタバタ喜劇のような構造は、登場人物に対して辛辣で残酷で、それでもやっぱり笑ってしまうほどおかしい。実際、この『貧しき人々』にしろ、『ボヴァリー夫人』にしろ、近代小説というのは、傍から見ると笑っちゃうような〈登場人物にとっては、ひどい話〉が多い。

いや、そもそも大抵の物語というのは、往々にして、登場人物に残酷な方向〈悲劇〉に進むのだけれど、そんな悲劇を客観的に見て、つい笑ってしまうというのは、近代的な知性〈客観性〉の産物だろう。この、〈傍から見ると笑ってしまうような喜劇性〉をもって、『痴人の愛』は『カルメン』や『マノン・レスコー』のような古典的ロマンスではない、きわめて二〇世紀的な近代小説として成立したのだ。話そのものは『カルメン』や『マノン・レスコー』とたいして変わらない。なのに、その二者よりも『痴人の愛』は明らかに新しく、一九世紀の、フローベールやドストエフスキーによる傑作が成立した後の小説になっている。

つまり『鮫人』で一九世紀の小説を書こうとして失敗した谷崎は、試行錯誤の末に『痴人の愛』で二〇世紀小説にたどり着いてしまったわけだ。

『痴人の愛』のラストにおいて、谷崎が何をやらかしたかについて詳しく検証することで、浅草は千束からスタートして、延々と書き連ねてきたこの僕の文章も、ようやくゴールが見えてきたようだ。『痴人の愛』を初めて読んでから四半世紀を越える時間が過ぎた。その間、僕の中でこの小説は、ずっと不思議議で謎めいた存在だった。人気作品であるだけに『痴人の愛』を論じた評論の類はたくさんあって、できる限り入手して読んだけれども、僕がこの小説に対して抱いた〈不思議な感触と謎〉を、明確に説明してくれる文章は一つもなかった。

その謎を解くきっかけを与えてくれたのはインターネットだった。先に僕は『痴人の愛』を二〇世紀小説と書いたけれど、この小説が孕んでいた謎は、インターネットという文明の恩恵がなければ、僕には決してわからなかっただろうと思う。だとしたら谷崎が書いたのは、二一世紀の小説だったのか？

十二 セシル・B・デミルと上流階級

セシル・B・デミル

ナオミの浮気が発覚してから、この小説は喜劇的な度合いを増してゆく。譲治に責められると「堪忍してよう」と、上辺だけは謝るのだが、反省の色はない。お互いの生活をやり直すため、譲治はいくつかの提案をするが、それすらもナオミは聞き入れない。ほとばりが覚めるとまた新しい着物を欲しがり、性懲りもなく浮気相手である熊谷との逢瀬に出かける。ナオミの化粧が濃いことに疑いを抱いた譲治は、学生時代に愛用していたマントと帽子で変装して、彼女の後を追う。ここらは本当に喜劇である。ナオミは案の定、料亭で熊谷と密会していた。浮気がバレたことを悟ったナオミは、いつもの調子で「堪忍して」と謝罪するが、譲治は許さない。するとナオミは、荷造りをして出て行ってしまった。

「では御機嫌よう、どうも長々御厄介になりました。――」（『痴人の愛』十九）

ここからが、いわばクライマックスということになる。

ナオミがいなくなってせいせいした気分になった譲治だったが、その実、ナオミのことが気になってしょうがない。日記帳を読み返してはナオミを思い、ナオミを思わせる西洋の女性たちのことをも思う。ナオミの実家を訪ねるが、そこには彼女の姿はない。ということは、男たちのあいだを渡り歩いているわけだ。ナオミの行方がますます気になってくる。

行方不明となったナオミを思って譲治が悶々とする場面は、この小説の中で唯一、人間の苦悩が描かれている。二葉亭四迷の『浮雲』以降、日本の近代小説は、言文一致とともに、延々と近代的な自我に悩まされる人間の苦悩を描いてきたが、『痴人の愛』には、何かで苦悩するような人は登場しないし、譲治もこの場面でしかろくに苦悩していない。しかも、その悩みたるや非常に滑稽なものである。

浮気相手の一人だった浜田を呼び出し、ナオミの行方を探ろうとするが、彼との会話でわかるのは、ナオミのご乱交の激しさばかりである。そして、一旦はナオミとの絶縁を決心する。この辺りのくだりを読むと、確かに譲治は痴れ者である。有能で生活力のある男が、行方不明の妻のせいで錯乱しているのだ。僕はこの場面を田山花袋の『蒲団』のパロディではないかと考えている。花袋の『蒲団』は自然主義の傑作として高く評価された。作家業を始めた頃には自然主義に馴染めず、あえて悪魔主義と呼ばれる方向を選んだ谷崎なりの、自然主義を評価した文壇・世間と、先輩作家花袋への、皮肉混じりのユーモラスな目配せだったのではないかと思う。

この間に、譲治は田舎の母親を喪っている。さらに、ナオミのせいで、会社での居場所もなくなった譲治は辞職の決意をする。まったくもって踏んだり蹴ったりである。

そこに、またナオミが現れる。一度は、荷物を取りに来ただけと言いながら、譲治の目の届く場所で着替えをする。大した誘惑者である。この数日後、ナオミはまた譲治のもとに現れる。前回は和服だったが、今回は洋風に大変身を遂げていた。

†

「誰?」「あたしよ」

云うと同時にバタンと戸が開いて、大きな、熊のような物体が戸外の闇から部屋へ闖入して来ましたが、忽ちぱッとその黒い物を脱ぎ捨てると、今度は狐のように白い肩だの腕だのを露わにした、うすい水色の仏蘭西ちりめんのドレスを纏った、一人の見馴れない若い西洋の婦人でした。(『痴人の愛』二十五)

†

映画だったら、テーマミュージックが流れそうな場面だ。譲治は、その女が帽子を脱ぐまで、ナオミだとは気づかなかったと述懐する。別居中とはいえ何年も一緒に暮らしてきた夫の台詞とは思えないが、ナオミは夫が見違えるほど気合を入れ、お洒落をして譲治の前に再び現れたわけだ。

これを機に、ナオミは頻繁に姿を現すようになる。いうまでもなく、譲治を再び征服し、取り戻すためだ。彼の嗜好も弱点も知り尽くしているナオミは、姿を見せるたびに言葉と肢体で彼を誘惑する。この間の、二人のやりとりはたまらなく可笑しい。ナオミの白い肌、西洋人のような足を忘れられない譲治が、再びナオミの魅力に陥落するのをナオミは承知していて、おそらく譲治自身もそれをわかっている。二人とも、お互いが迎えるであろう結末を理解している。譲治がナオミを求めているように、ナオミもまた、譲治のところに戻りたいのだ。

自らの性を売り物にして、色んな男たちのあいだを渡り歩いたと思しきナオミだったが、どの男とも長くは続かなかったようで、結局は譲治しかいなかったのだ。職業娼婦になる気はさらさらないナオミにとって、譲治だけが、ずっと自分を甘やかし、養ってくれる男＝パトロンだったのだ。これもまた、夫婦という関係のひとつのあり方なのだろう。最終的に、当然のように譲治は陥落する。

†

そして私とナオミとは。シャボンだらけになりました。……（『痴人の愛』二十七）

†

シャボンの泡は、二人が一緒に暮らし始めた頃にも、ナオミに行水をさせてやるくだりで、効果的な小道具として登場していた。これは極めて映画的な反復である。

ここからは、ナオミが主で、譲治が従だ。二人の関係は、知り合った頃からすると完全に逆転した。だがしかし、よく考えてみよう。ナオミの行動があまりにも奔放なので、彼らの関係は一見異常なものに見えるけれど、譲治とナオミは、結婚して数年を経た夫婦であり、この時点で何が起きているかというと、夫が妻の尻に敷かれているだけなのだ。一家の大黒柱たる男性が、扶養家族である妻に頭が上がらず、ただ言いなりになるというのは、そんなに珍しい光景でもないのではないか。

ともあれ、二人はよりを戻す。そして、物語は数年後、最終章を迎える。

†

さて、話はこれから三四年の後のことになります。

話は飛んで、関東大震災より後の話になる。震災で東京は大きな被害を受け、浅草の凌雲閣は倒壊した。その近くに住んでいたナオミの親族も罹災したはずだけれど、それにはまったく触れられていない。最終章で語られるのは、ナオミの優雅な暮らしぶりである。

†

ナオミは毎朝十一時過ぎまで、起きるでもなく睡るでもなく、寝床の中でうつらうつらと、煙草を吸ったり新聞を読んだりしています。タバコはディミトリノの細巻、新聞は都新聞、それから雑誌のクラシックやヴォーグを読みます。いや読むのではなく、中の写真を、――主に洋服の意匠や流行を、――一枚々々丁寧に眺めています。(『痴人の愛』二十六)

†

悠々自適とはこのことだ。ちなみに、ナオミの優雅な日々を経済的に支えているはずの譲治は、隣の狭い部屋に住まわされている。いささか倒錯的には見えるものの、世帯主である亭主が、わがままな妻に虐げられ、ひどい暮らしを送るというのは、古今東西のフィクションでは珍しい話ではないから、このくだりが、どこか異様に見えるとしたら、それはやはり、谷崎の筆致によるものなのだ。

†

ナオミの寝台は、日本間ならば二十畳も敷けるくらいな、広い室の中央に据えてあるのですが、それも普通の安い寝台ではありません。或る東京の大使館から売り物に出た、天蓋の附いた、白い、紗のような帳の垂れている寝台で、これを買ってから、ナオミは一層寝心地が良いのか、前よりもなお床離れが悪くなりました。彼女は顔を洗う前に、寝床で紅茶とミルクを飲みます。その間にアマが風呂場の用意をします。彼女は起きて、真っ先に風呂へ這入り湯上りの体を又暫く横たえながら、マッサージをさせます。それから髪を結い、爪を研き、七つ道具と云いますが中々七つどころではない、何十種とある薬や器具で顔じゅうをいじくり廻し、着物を着るのにあれかこれかと迷った上で、食堂へ出るのが大概一時半になります。（『痴人の愛』二十六）

†

文中でアマとあるのは、中国などに住む外国人の家に雇われている女中・メイドのことだが、女中という単語は他の箇所にも出てくるので、これは外国人、おそらくは中国人のメイドのことだと特定して良いだろう。夜遊びに出かける際には、このアマに手伝わせて、全身にお白粉を塗るのだという。

少なくとも、ナオミは理想の生活を手に入れたようだ。何一つ不自由のない暮らし。まるで王侯貴族である。千束の、実家住まいのカフェの女給から、よくぞここまで辿り着いたものだ。しかも本人は、ほぼ何の苦労もしていないのだから恐れ入る。

譲治は、日常生活においてはナオミの尻に敷かれる、というよりは全面的に服従しているような有り様だが、それでも、次から次へと彼女に近寄ってくる（もしくはナオミがおびき寄せる）男たちには眼を光らせている。いちおう、彼女の浮気癖を、全面肯定しているわけではないのだ。

†

このユスタスと云う男は、マッカネル以上に不愉快な奴で、ナオミのご機嫌を取ることが実に上手で、一度私は、腹立ち紛れに、舞踏会の時此奴を打ん殴ったことがあります。すると大変な騒ぎになって、ナオミはユスタスの加勢をして「気違い！」と云って私を罵る。私はいよいよ猛り狂って、ユスタスを追い回す、みんなが私を抱き止めて「ジョージ！ジョージ！」と大声で叫ぶ。（『痴人の愛』二十六）

✝

まるでドタバタ喜劇である。ナオミの男遊びがおさまらない以上、こんなドタバタ騒ぎが何度も繰り返されるわけで、そのうちに譲治は、ある種の悟りを得てしまったようだ。

✝

彼女の浮気と我が儘とは昔から分かっていたことで、その欠点を取ってしまえば彼女の値打ちもなくなってしまう。浮気な奴だ、我が儘な奴だと思えば思うほど、一層可愛さが増して来て、彼女の罠に陥ってしまう。（『痴人の愛』二十六）

✝

これは悟りだろうか、それとも諦めだろうか。いや、悟りにしては生臭いし、諦めにしては、どこか楽しそうではないか。譲治が、谷崎作品によく出てくる〈何らかの作品を作りたい、芸術家タイプの男〉の系譜にあることは明らかだ。彼自身は芸術家ではないけれど、欲望の持ち方が非常に芸術家タイプなのだ。この系譜の男は、何か自分にとっての作品を作り上げないことには幸せになれない。それに失敗し、挫折したのが『肉塊』の主人公だろう。この系譜の元祖は、言うまでもなく小説家としての谷崎の原点である『刺青』の清吉だ。『刺青』のラストで清吉は、刺青を掘り終えた女に、自分の肥やしになったのだね、と言われる。『金色の死』の岡田君は、理想の芸術を作り上げ、その中で死ぬ。

譲治はどうだろうか。ナオミの豪華な生活は、もちろんナオミ自身が望んだものだが、同時に、譲治が作った一つの作品という見方はできまいか。『痴人の愛』の末尾を読むと、自らの愚かしさを自嘲的に語りながらも、どこか満ち足りた感じがする。

これを読んで、馬鹿々々しいと思う人は笑って下さい。教訓になると思う人は、いい見せしめにして下さい。私自身は、ナオミに惚れているのですから、どう思われても仕方がありません。

ナオミは今年二十三で私は三十六になります。（『痴人の愛』二十六）

この譲治の語り口から、どこか自慢気な印象を受けるのは僕だけだろうか。

彼はもともとが高給取りであり、ナオミのせいで一時は退職の危機に陥ったとはいえ、なんだかんだで浪費家の妻に好き放題させるだけの稼ぎを得ている男である。貧富の差が激しい大正の時代に、これだけの財力を得たのだから、間違いなく社会の勝ち組であり、当時の流行り言葉で言えば成金である。このナオミの放蕩三昧な生活を実現した、己の甲斐性を自慢したくなるのも無理はない。本人は、それこそナオミのせいで仕事を辞めざるをえなかったような口ぶりだけれど、いずれは職場から独立し、実業家になるくらいの野心は、ナオミと出会う以前から持っていたのではないか。そしておそらくナオミも、譲治が仕事のできる男であることはよく理解している。彼の社会的な実力を、そして何より経済力を信頼しているからこそ、安心して贅沢な暮らしを続けていられるのではないか。一見虐げられているようにも見える譲治の言葉が、どこか自慢気に感じられるのも、夫婦のあいだに信頼という絆があるからではないか。とはいえ、ここで語られるナオミの日常はあまりにも浮世離れしており、リアリズムで描かれているというのに、どこか夢のように見える。この、ナオミが生きる、なかば夢のような時空間こそが、譲治が作り上げた〈作品〉なのだ。

それでは、その譲治の〈作品〉は、どのようにして作られたのだろうか。

『痴人の愛』について延々と語ってきたけれども、僕自身は、それほど谷崎の良き読者ではなくて、特に大正期の作品に関しては未読のものも多かった。なので、つい最近まで、読み逃していたのだ、大正一二年の『アヱ・マリア』という作品を。これ自体は、他愛もないというか、とりとめもないというべきか、とにかくとらえどころのない、妄想をそのまま垂れ流したような、不思議な作品なのだが、この中に『痴人の愛』を読む上での重要なヒントがあった。

以下は、語り手のエモリという男が、片思い中のニーナという女と連れ立って映画を見に行くくだりである。

✝

お前はビーブ・ダニエルが好きだったね。ベティー・コムソンや、グロリア・スワンソンがお気に入りだったっけね。――そう、私もお前と同様にあの女優たちが贔屓なのだ。それからあの、衣装と道具に出来るだけの贅を盡して派手な映畫を作る事の好きな監督のセシル・ド・ミル（『アヱ・マリア』）

✝

これはまた、大変な名前が出てきてしまった。『痴人の愛』にスワンソンの名前が出てくる以上、谷崎がセシル・ド・ミル（セシル・B・デミル）の映画を観ていても不思議ではないのだが、頭の中で、谷崎と、映画史上の大監督デミルの名前が結びついていなかったのだ。

『アヱ・マリア』の中で言及されているデミルの映画は二作、『アッフェイアス・オブ・アナトール』と『何故妻を換えるか？』（「Why Change Your Wife?」一九二〇）である。どちらも、大正時代に日本公開されたのは確かなのだが、サイレント映画ということもあって、リバイバルされる機会もなく、日本でDVDなどで発表されることもなかったので、なかば幻の作品となっている。だが、僕は数年前に、この『何故妻を換えるか？』（『何故妻を換へる？』）を、インターネット・アーカイブで観ている。ネットの普及で著作権の切れた映画が大量にネット上にアップされるようになったので、ここ数年で、かつては幻の作品だった数々の名画を自宅で観られる時代が到来した。これらはサイレント映画なので、日本語字幕がなくてもあまり苦にならない。僕は小学生の時にデミルの『サムソンとデリラ』をテレビで観て以来のデミルファンだったので、ネットで『何故妻を換えるか？』を発見した時は、小躍りしたいような気分で観た。しかし、その時は、この映画を谷崎が観ているとは、夢にも思わなかったのだ。

　映画は、朝、ヒゲを剃る男とその妻が身だしなみを整える場面から始まる。大正九年公開ということを考慮すると、二人はかなり恵まれた暮らしをしているのではないか。一九二〇年のアメリカの、映画館に詰めかけた観客たちの多くが、劇中の登場人物のような暮らしをしていたとは思えない。この時期のデミルは、アメリカの上流階級《ハイソサエティ》の夫婦に焦点を当てた映画を連作している。貧しい庶民が夢見るような、上流階級の贅沢な暮らしぶりを、映画館のスクリーンに再現してみせたわけで、この時代の映画が、後のテレビのような役割を持っていたのがわかる。お金持ちの豪華なお宅を拝見！　というわけだ。

妻のベスが、洋服の背中のボタンをはめられなくて、夫のゴードンを呼ぶという場面があって、確かにこれは谷崎好みかもしれない。この映画でのベス（スワンソン）は、最初は割に質素で地味な妻として登場する。ゴードンはワインに凝っており、高価なワインをコレクションしているのだが、ベスにそれを咎められる。「ヨーロッパでは、大勢の人が飢えているのよ、なのに貴方は、よくこんなことにお金を遣うわね」というのが彼女の言い分だ。この辺りの批評性は面白い。ベス自身は、お金持ちだけれども、無駄な贅沢には批判的なキャラクターなのだ。彼女は目が悪いようで、何か用事をする時にはメガネをかけているのが可愛い。この時代から、「メガネ女子＝なんとなく知的なキャラクター」というイメージはあったようである。

妻の機嫌を取ろうとしたゴードンは、ここでまたミスをする。女の機嫌を取るには新しい洋服だろうというわけで、奮発して豪華なドレスを買って帰るのだが、これが倹約家のベスには気に入らず、二人の間に溝ができてしまう。この時、ドレスを買った店で登場するのが、派手に着飾ったビーブ・ダニエルズ演ずるサリーである。こちらはベスとは対照的に消費社会の権化のような誘惑者、つまりきわめてナオミ的な人物だ。サリーに誘惑され、一旦は理性ではねのけたゴードンだったが、サリーにつけられた香水の残り香をベスに嗅ぎつけられてしまう。ゴードンはベスから、さてはどこかで他の女と浮気をしてきたのかと責められ、喧嘩になった二人は離婚に至る。密かにゴードンを狙っていたサリーがそれを知り、まんまとゴードンの後妻の座におさまるわけだ。一方、噂話が何よりも好きな社交界の女たちは、ベスが勝手気ままな女だったから夫に離縁されたのだ、と無責任な噂を立てる。それを聞いてカッとなったベスは、豪華なドレスを身にまとい、派手な女に変身するのだ。

後半は、前妻ベスと後妻サリーがゴードンをめぐって争う形になり、最終的にはゴードンがベスとの復縁を選び、元の鞘に戻る。真実の愛を持つベスが、贅沢三昧なサリーに勝ったという道徳的な結末である。面白いのは、贅沢・消費生活の扱われ方である。無駄遣いに対する批判という側面はあるのだが、映画の中で描かれるのは派手なドレス、贅沢な暮らし、豪華なパーティ風景だ。こういった大量消費に批判的な人物を一応は登場させながらも、劇中で描かれる贅沢な暮らしは、やはり快適で楽しそうに見える。世間一般には、いわゆるモラルとして贅沢はけしからん、という考え方があるわけで、ただ贅沢を称揚しても世間から批判されたり、お上から規制を受ける可能性もある。それに、金持ちがただ単に贅沢三昧を楽しんでいるだけでは、庶民たる観客たちも喜んでくれない。だからこそ、贅沢な生活ぶりを描きながらも、贅沢三昧なサリーの敗北という道徳的な結末を落とし所に持ってくるわけだ。

この辺りは、ヒットメーカーたるデミル一流の計算で、世相を反映した娯楽映画ならではの、二枚舌な作劇だといえる。実際、この映画は大ヒットして、大スターとなったスワンソンの私生活は贅沢の極みだったという。谷崎がこの映画を観ているのは確実だとして、サリーの人物造形やダンスパーティの描写は『痴人の愛』に影響を与えていると思われる。また、前妻と後妻の戦いというのは、『猫と庄造と二人のをんな』にもつながっているかもしれない。そしてベスの華麗なる変身は、『痴人の愛』終幕直前でのナオミの変身と重なって見える。

もう一本の『アッフィアース・オブ・アナトール』はYouTubeに全篇がアップされていた（なんとも便利な世の中になったものだ）。またしてもスワンソンは妻の役で、こちらもかなり贅沢な暮らしの上流階級だ。お人好しで裕福なアナトールという青年が、人助けをしようとしては、その都度、関わった女たちに振り回されるという話で、三部構成のゆるやかなオムニバスになっている。原作はシュニッツラーの『アナトール』という作品だが、スワンソン演じるアナトールの妻の役は原作にはないという。

最初のエピソードでアナトールは、貧窮している幼馴染みの女性と再会、彼女を引き取ろうとするのだが、この女がとんでもない浪費家で、アナトールの金で宝石やらアクセサリーを買い漁り、彼の目を盗んでは、仲間を呼んでドンチャン騒ぎ。アナトールが帰ってくると、慌てて飲んでいたカクテルを隠すという、ふてぶてしい輩。まだまだ映画では、直接的にセックスを描けなかった時代なので、そういう描写はないものの、この女の行動は、どう見てもナオミそのものである。このエピソードの結末は、平気で嘘をつく女の言動に怒り狂ったアナトールが、机や椅子など、部屋の中のものをひっくり返して大暴れするくだりである。これはまるで、『痴人の愛』最終章で、ナオミに寄ってきた男にパンチを喰らわして大暴れする譲治のようだ。

二番目のエピソードでは、自分の洋服を買うために、夫の貯金を使い込んでしまった女性が登場する。それがバレて、橋から身投げした女性を、たまたまボートで通りがかったアナトール夫妻が助けるのだが、この女は、助けられた際にアナトールが落とした財布からお札を抜き取って、夫への返済に回すのだからひどい話である。

三つ目のエピソードは、ビーブ・ダニエルズが妖艶な女優として登場するが、実は病気の夫を支えているという設定。つまり、すべてのエピソードに一貫して、贅沢と質素、浪費と節約、といったテーマが対比される構造だ。その背景にあるのは、おそらく当時のアメリカにあったであろう格差社会だけれど、思えばアメリカ文学には、一九世紀のメルヴィルの『独身男たちの楽園と乙女たちの地獄』やマーク・トウェインの諸作品から、フォークナーのヨクナパトーファ・サーガを経てピンチョンの『エントロピー』に至る、社会の中の高低を対比で描く系譜があるわけで、これらのデミル作品もその流れで考えると良いのかもしれない。

大正時代の日本においては、成金という言葉が流行し、浅野総一郎のように一代で財を成す人間もいた反面、個人の努力ではどうにもならないくらい大きな格差のある社会が到来していた。それはアメリカでも同じことで、ハーバードで浅野良三の同窓だったケネディやルーズベルトは、格差社会の頂点にあるような家系に生まれ、最高の教育を受けて社会に出、名士として生きた（ただし、セオドア・ルーズベルトの次男で探検家・作家としても知られるカーミットは、アル中と鬱病に悩まされた挙句に自殺しているし、ケネディの息子はアメリカ大統領にまで登りつめたもののその任期中に銃で暗殺された。上流階級も良いことばかりではないのだ）。デミルの映画は、こういった格差を露骨に反映しているわけで、デミルと同時代を生きた谷崎は、デミルの映画を観ながら、彼が消費社会を描くことの意味を深く考えたはずだ。デミルは、一貫して豪華絢爛な贅沢を描いたが、それは同時代の観客から多大な支持を得た。人は誰でもお金持ちになりたいわけで、デミルは映画館のスクリーンにその夢を映し出し、それが大ヒットにつながったのである。

この時期のデミル作品でもう一つ重要な映画は『男性と女性』（「Male and Female」一九一九）である。これは日本版のＤＶＤも出ている。夫婦を描いたものではないが、これもまたテーマは格差社会である。舞台はイギリス貴族の豪邸。アメリカ映画がイギリスの貴族を描くというのがポイントで、大勢の召使を使役する貴族の派手な暮らしぶりが、実際よりも強調されているのだろう。この貴族の娘メアリーを演じるのがスワンソン。彼女と、それに仕える執事、クライトンが主人公だ。

豪華なベッドで睡るメアリー（スワンソン）は、目が覚めてもすぐには動かず、メイドを呼んで風呂の用意をさせる。入浴も、もちろんメイドがつきっきりで、『痴人の愛』最終章におけるナオミのような生活をしている。特に、入浴する場面はもう、ナオミそのものの女王様っぷりで、谷崎がこの映画を観ているのは確実だと思った。

この、貴族の一家と召使の乗った船が難破して無人島に遭難したことから、波乱が起きる。厳しい大自然の中で、何もできない貴族たちとは対照的に、クライトンにはサバイバル技術があった。ここで貴族と使用人の立場が逆転するわけだ。漂流生活は二年間に及び、何かにつけて有能なクライトンは孤島の王として住民たちに君臨するようになる。最初のうちは彼をバカにして逆らっていたメアリーも、次第に彼に惹かれ、二人は恋に落ちる。メアリーとクライトン、両者の感情が接近してゆく中で、二人が妄想する象徴的な幻想場面が挿入される。そこでは、クライトンが古代バビロンの王であり、メアリーが彼に逆らうキリスト教徒の奴隷なのである。どこか倒錯的な幻想から覚めた二人はキスをして、結婚を誓い合うが、その時、沖合に船が見える。一行は無事に救助され、もとの生活に戻るが、メアリーとクライトンの婚約はなかったことにされてしまう。デミルは、徹底的に身分の違いと、その逆転にこだわって、このコミカルな要素もあるアドベンチャー映画を作った。他の作品同様『男性と女性』も大ヒットしたというから、デミルは大衆が見たいと望むものを確実に捉えていたのだろう。製作年代は『男性と女性』が一九一九年、『何故妻を換へる?』が一九二〇年、『アッフェイアス・オブ・アナトール』が一九二一年、これは、狂騒の二〇年代と言われた時代が幕を開ける頃、文学ではヘミングウェイやフィッツジェラルドが台頭した時代でもある。ジャズエイジとも呼ばれたこの時代に、フィッツジェラルドは妻のゼルダと共に、パーティピープルとしてどんちゃん騒ぎを繰り返したという……そう、譲治とナオミのように。ボブカットで短めのスカートをはいた女性たちは、フラッパーと呼ばれて時代の象徴となる。この流行は日本にも上陸し、断髪と洋服のモダンガールが銀座や大阪の心斎橋といった先進的な街を闊歩した。上流階級への皮肉を交えながらも、狂騒的な贅沢三昧を描いたデミルの映画は、来るべき狂騒の二〇年代をリードしていたのではないか。

谷崎が、岡田時彦たちの後見者となり、間接的にモボ・モガの誕生に手を貸し、ナオミズムで女性のモダニズムを促したように。デミルも谷崎も、自らが生きた時代に強い影響を受けながらも、自分たちの手で、新たな時代を用意した人たちなのだと僕は思う。映画にしろ小説にしろ、時代の影響をうけるのは当然だけれど、彼らは時代の牽引者でもあったのだ。まさに二〇世紀のモダニストである。

今回三作品を観た限りでは、『痴人の愛』がこれらのデミル映画に影響を受けているのは、明らかだと思うけれど、この辺りの作品はサイレントであるためにリバイバルされる機会もなく、『男性と女性』以外は日本で映像発売もされなかったため、多くの観客からは忘れ去られていた。それゆえに、谷崎自身がドミル（デミル）について書いているにもかかわらず『痴人の愛』とアメリカ映画の関係性について、深く掘り下げた人があまりいなかったのだろう。作品中に女優の名前を何度も出すことで、アメリカ映画との関連性は、わかる人にはわかるように書いてあるから、リアルタイムで『痴人の愛』を読んだ人たちの中には、ナオミをめぐる描写に、スワンソンやダニエルズの姿を思い出してニヤリとした人もいただろう。けれども、当時の映画＝活動写真は、まだまだ下世話な見世物であり、小説・文学を論ずる際に、流行のアメリカ映画を持ち出すような人はあまりいなかったのだろう。

その頃の文壇で、ひとり、熱心に映画を語っていたのが、他ならぬ谷崎潤一郎だったわけだ。思うに、谷崎の作品には映画からインスピレーションを受けた部分が他にもあるのではないか。たとえば『肉塊』の中で主人公たちが撮影する映画には、ガラス越しのキスシーンがあったりして、谷崎が大正八年に発表した『天鵞絨の夢』という作品と共通したモチーフがあるのだが、人魚の映画ということで思い出すのは、やはりケラーマンの『海神の娘』である。この作品はフィルムが断片的にしか残っていないために、谷崎作品との関連性を検証するのは困難なのだけれど、『痴人の愛』でわざわざ紹介しているだけに、何らかの引用はあったのではないかと思う。

十三 『痴人の愛』という幻の映画

資料を読むうちに気になったのが昭和八年に『改造』誌に発表された「藝談」という随筆だ。大活が潰れてからかなりの時間が立っているだけに、非常に興味深い思い出話が披露されている。

昔、私が大正活映に關係してゐた時分の話だが、どうも日本には、明るい、輕い喜劇がない、一つわれわれの手でアメリカ流の輕快な喜劇を作つてみようではないかと云ふ案が提出された時、いやそんなものを作つたつてとても成功する筈のものではありませんと云ふ玄人筋の反對が出て、とうとう計畫がオヂャンになつたことがあつた。興行に經驗のある玄人連の意見ではハイカラな喜劇などを見て喜ぶのは都會の青年男女だけだ、大多數の民衆は、芝居でも活動でも、悲劇でなければ見に行かない、彼等は芝居へ泣きに行くのである。(『藝談』)

『アマチュア倶楽部』撮影の一コマ

この〈アメリカ流の軽快な喜劇〉という企画案を提出したのが誰かは書かれていないが、おそらくはトーマス栗原か谷崎自身ではないか。その二人のもとにいた、後のモダンボーイ岡田時彦や内田吐夢という可能性もあるかもしれない。いずれにせよ、アメリカ映画に詳しく、大活の社内でも谷崎寄りの人間が発案したのは間違いなかろう。第一作目の『アマチュア倶楽部』でマック・セネットのドタバタコメディを模倣した彼らのことだから、アメリカで評判になっているセシル・B・デミル風の艶笑喜劇を、日本でもやってやろうではないかという意見が出るのは当然だろう。それで、ここからは、まさに僕の仮説でしかないけれど……大活で谷崎が構想したであろう〈アメリカ流の軽快な喜劇〉というアイデアが、形を変えて『痴人の愛』という小説に結実したのではないかと思うのだ。

つまり、『痴人の愛』は、もともと映画の企画案だったのではないか。そして谷崎は、まるで映画を撮るように、『痴人の愛』を書いたのではないだろうか。中断した『鮫人』を筆頭に、長篇を書こうと試行錯誤して、なかなか書けなかった谷崎だったが、映画の方法論を導入することで、ついに最後まで書きえた長篇小説、それが『痴人の愛』だったのではないか。先に、創生期の映画は場面転換の技術を一九世紀の小説から学んだと書いた。一九世紀の小説、バルザックやディケンズ、大デュマなどの作品では、物語が進む中で頻繁に視点が変わり、極めてダイナミックに場面が移動する。小説や映画と同じ時間芸術で、観客に物語の進行を見せるメディアではあるが、舞台演劇は物理的な問題でこの頻繁な場面転換ができない。だからこそ映画においては、その創生記から、小説の映画化が盛んに行われたのだ。谷崎は『鮫人』で一度、一九世紀小説的な大胆に場面転換する方法にチャレンジし、結果的に失敗している。その試みがなぜ成功しなかったのかはよくわからない。その後の、中篇もしくは短めの長篇『肉塊』は、三人称ではあるものの、バルザックや大デュマがやったような、小説の中に社会全体を包括してしまうようなダイナミックな語り口ではない。『痴人の愛』では一人称を使っている。ただし、譲治の語る一人称は純然たるリアリズムではなく、彼の主観によって印象が左右されており、信頼できない語り手による倒叙型ミステリ、とまでは言わないが、公平性には欠ける語り手である。

譲治の語り口は、読者の感情を、自分の都合の良い方向に誘導しているのだ。僕は、この譲治の一人称に活動写真の弁士的なものを感じる。優れた弁士は、その語り口で観客の感情を巧みに操った。女性を見つめる際には、一個のカメラアイに徹する譲治だが、語り口においては、妙に自分を卑下する。観客・聴衆に対して、自らの存在を実際よりも低めに申告するというのは、大道芸や寄席芸人の話法である。

一九世紀の小説を山ほど読み、映画＝活動写真もたくさん見て、製作にまで関わった谷崎が、試行錯誤の果てに編み出したのが、「痴人」を自認する河合譲治の語り口ではなかったか。結果的に『痴人の愛』における一人称は、変貌し続ける大正時代という社会の、様々な側面を描くことに成功している。

一五歳の少女を引き取るという導入部が、今の目で見るといささかショッキングであるために、わかりづらくなっている面があるのだが、『痴人の愛』のプロットそのものは、デミルの映画と同じような、夫婦のいざこざに終始している。譲治とナオミの関係も、途中からは夫婦のそれである。そもそも『痴人の愛』は八年間に及ぶ長い時間の物語で、ナオミの浮気がバレてからの大げんかと一時的な別離といった出来事が起きる後半の部分では、ナオミはすでに立派な大人なのだ。絶えず女性を見つめつづける譲治の視線には、いささか変態めいたものがあるにせよ、この小説にはいわゆる性的な倒錯行為は描かれていない。ナオミに関しては、ただ単に多情というか、気が多く、おそらくは性欲が強く、怠け者で物欲が強いだけである。そもそも、ナオミが浮気をするのも、何年かの夫婦生活を経たことによる倦怠期の産物だったのかもしれない。ともあれ、お話の構造自体は、夫婦のいざこざを描いたデミルの映画とそんなにかわらない。

そう考えると、浅草から始まって、大森、横浜という舞台の移動も、非常に映画的なロケーションに見えてくる。しかも、途中には鎌倉の海水浴場があり、社交界の派手なダンスパーティーもある。煙草の銘柄や、『ヴォーグ』のような雑誌名＝固有名詞が丁寧に記されているのもよくわかる。それらは、映画ならば観客にわかるようにはっきりと映すものだからだ。

そして何よりも映画的なのは、ナオミのファッションだろう。この小説の中で彼女は、和装から洋装、また和装と、何度も（譲治の金で新しい着物を何着もあしらえて）着替えをし、その姿を変えてゆく。髪型も桃割を結った日本髪から女学生風の垂髪リボンへ、そして洋風へと、何度も変化する。まるでファッションショーだ。質素なものから派手なものまで、何着もの衣装を用意して、何度も着替えさせ、一人の女が変化してゆく様を観客に見せるのは、女優を売り物にする映画の定石だ。

文藝顧問として招かれた大正活映で谷崎がやったことは、企画と脚本、若手俳優の育成、さらには家族を借りだして撮影に参加させる、撮影現場での演出補佐、操演……と多岐にわたる。谷崎はその当時、すでにそれなりの知名度があった作家である。だからこそ大活に招聘されたのだけれど、結果的に文藝顧問という枠を大幅に逸脱するほど映画にはのめり込んだが、思ったほどの結果を出せないまま映画からは撤退することとなった。とはいえ、それは早すぎただけで、決して無駄な行為ではなかった。

大活で谷崎が目をかけた若者たちは、俳優として、また監督として、日本映画に新たな時代を切り開いた。映画人としての谷崎潤一郎と盟友トーマス栗原は、志半ばにして挫折したけれど、彼ら二人の志を継いだ若者たちは京都に移り、それ以降の日本映画を刷新する力となったのだ。

映画製作からは離れた谷崎だが、それからは岡田時彦の忘れ形見である岡田茉莉子の芸名をつけたり、自作の映画化作品に主演した京マチ子や高峰秀子、若尾文子といった大女優たちと楽しげに対談したりしている。上山草人の無二の親友でもあったこの人は、映画人、活動屋と呼ばれる人たちのことが根っから好きだったのではないか。

大正活映での経験を経て、谷崎は『肉塊』という映画の製作現場を題材とした小説を書く。だがしかし、この作品の完成度には谷崎自身が満足できなかったのだろう。だから『痴人の愛』が書かれた。『肉塊』は映画製作の現場を舞台とした小説だったが、『痴人の愛』では方法論からガラリと変えて、映画館に来る観客たち（譲治とナオミ）を主人公に据え、随所に映画から取り入れた技法を使って、小説そのものを映画的に構築しようと試みたのだ。映画的な傾向は、物語の終盤になるにつれて顕著になる。一旦は別れたはずの譲治のもとに、洋装で現れるナオミの姿は、まるで『何故妻を換へる？』の後半における、派手に着飾ったスワンソンのようだし、その姿や、着替えをチラチラ見せることで気を引くのもまた、非常に映画的な行動だ。『何故妻を換へる？』には、離婚した後のスワンソンが、背中のボタンを止めるよう元夫に指示する場面があり（同様の場面は冒頭にもあって、それが後半で効果的に反復されている）、それが男女の復縁への伏線にもなっている。そして最終章。デミルの複数の映画から、スワンソンの入浴場面などを引用してパッチワークしたような、ハイソサエティなナオミの生活は、本当に映画の一場面のようだ。面白いのは、この場面が単に、作者である谷崎がデミルの映画を参考に手の込んだ引用をしている、というだけの話ではないことである。

おそらく、ナオミも譲治も、二人ともデミルの映画を観ているし、ナオミに至ってはファッションの参考にしている。彼らが映画好きなのを忘れてはいけない。ナオミにとって外国映画は、ヴォーグのような雑誌と並んで、海外の最先端のファッションのカタログだったのだろう。この時代、アメリカ映画の新作は、本国で公開されたその年のうちか、遅くとも翌年には日本に輸入されている。ナオミズムを支持した新しい女性たちも、ナオミと同じように外国映画をファッションカタログとして受容したのだとしたら、ルイズ・ブルックスがデビューした後、日本女性たちのあいだで断髪が広まったのも頷ける。『男性と女性』なり『アッフェイアス・オブ・アナトール』なりを観たナオミが「あんな暮らしがしたいわ」と譲治に注文をつけたのだろう。だからこそ、彼女はスクリーンの中のグロリア・スワンソンのような暮らしぶりをしているのだ。もちろん、その費用は譲治が捻出している。最終章の、アメリカ映画をそのままコピーしたようなナオミのハイソな生活そのものが、譲治の作品なのである。それこそ映画のフィルムが繰り返し上映されるように、毎朝同じように繰り返されるナオミの生活空間を彼は創りだし、それを繰り返し鑑賞しつづけているのである。

つまり、『ボヴァリー夫人』の主人公がロマンス小説の読み過ぎだったように、『痴人の愛』の主人公たちは映画の観過ぎなのだ。ただし、エンマは死んだけれど、ナオミも譲治も長生きしそうだし、映画も観続けるのではないか。二人にとっては、消費も贅沢も別に悪いことではないので、譲治の稼ぎが続く限り、彼らの消費生活は継続されるのだ。

十四　東の思想、西の経済

谷崎は〈思想なき作家〉と呼ばれることが多い。これは、誰が言い出したのかというと、おそらく佐藤春夫と武者小路実篤である。佐藤が大正一三年に書いた「秋風一夕話」という文章に、以下のようなくだりがある。

「思想のある芸術家」「ない芸術家」でおもひ出すのだが、谷崎潤一郎はまた珍しいほど所謂思想のない芸術家だと思う。耽美主義者だからと云ふ意味ではない。耽美主義官能主義だつて一つの思想なのだ。

佐藤はさらにこう書く。

ロシア革命、演説するレーニン

この感じは僕一人のものぢやないか知らと思つていたら。武者小路氏も潤一郎の「思想的なものは全くゼロ」といふやうな批評をしてゐたのを見たこともあり、また以前或る時、これはまた小説より感想の方が面白いといふ思想家肌の精二君が厳粛な顔をして「自分は今迄さういふことを口外するのは慎んでゐるけれども、潤一郎ほど思想のない芸術家も珍しい」と遠慮しながら吾兄を批評したのを聞いて、この人もさういふ感じを持つているのかと思つたことがある。

精二君とあるのは、谷崎家の次男であり、作家、英文学者の谷崎精二である。この人は兄と同じ文学の道に進みながらも、四歳年上の潤一郎とは性格がまったく違ったという。佐藤春夫に武者小路実篤、さらには弟までもが口を揃えて三人がかりで、谷崎には思想がないと言っていたわけだ。谷崎本人も、昭和九年に発表した「東京をおもふ」という、関東大震災の思い出を中心に綴った随筆の中で、

私は元來政治の方には關心を持つていないので、衣食住の樣式、女性美の標準、娯樂機關の發達等のことばかりしか考へてゐなかつたのであるが、

こんなことを書いているから、「谷崎＝思想のない作家」という見方は割と一般的なものとして定着していたと思われる。少し付け加えると、佐藤春夫は生前の大杉栄とかなり親しくしており、佐藤自身もアナキズムに傾倒していた時期がある。大杉と共に謀殺された伊藤野枝の前夫は、谷崎、佐藤共に仲

の良かった迷潤である。浅草オペラの界隈にはアナキスト古海卓二がいた。日本で社会主義思想が広まるのは大正時代のこと。そもそも、大正といえばデモクラシーの勃興期である。谷崎と芥川龍之介が論争を起こした際、彼ら二人の文章を掲載していた雑誌『改造』は社会主義的傾向が強かったため、第二次世界大戦中には弾圧を受け、一旦は廃刊を余儀なくされた。

谷崎の周囲には社会主義に傾向した人たちが大勢おり、谷崎もそういう人たちと親しく交友していたわけである。そんな中で谷崎は、政治思想に対して深く言及することはなかった。思えば太平洋戦争の最中も、世の中に背を向けて『細雪』を書き続けたのが谷崎である。確かに彼には思想がなかったのかも知れない。だが、谷崎は思想に対してまったくの無頓着、もしくは消極的だったわけではなく、おそらくは積極的に、思想に背を向けていたのである。ここまでにも何度か、この小説のはじまり、ナオミと譲治の出会いが大正六年であることには触れたと思う。この大正六年というのは世界史的には非常に重要で、この年の四月にロシア革命が起きているのだ。この世紀の大事件が勃発した時に、外交官としてロシアに居合わせたのが、谷崎とは一高以来の旧友であり、第二次『新思潮』の同人仲間でもあった芦田均である。

ちなみに第一次世界大戦が終結するのは翌年で、この時点ではまだまだ戦火が広がるばかりだった。ロシア革命は、この後の日本文学の流れにも大きな影響を及ぼし、昭和のプロレタリア文学へと繋がってゆく。そんな時代背景の中で谷崎は、サラリーマンが一五歳の女の子に目をつけて一緒に暮らし始める小説を書いたわけだ。それでは谷崎は、ロシア革命という大きな出来事を無視していたのかというと、そんなことはないのである。ここで思い出されるのはナオミのダンスの先生だ。彼女は、アレキサンドラ・シュレムスカヤという露西亜人だった。

夫の伯爵は革命騒ぎで行くえ不明になってしまい、子供も二人あったのだそうですが、それも今では居所が分らず、やっと自分の身一つを日本へ落ちのびて、ひどく生活に窮していたので、今度いよいよダンスの教授を始めることになったのだそうです。(『痴人の愛』八)

†

亡命ロシア人は、『痴人の愛』に先立つ『アヹ・マリア』にも、また『細雪』にも登場している。大正活映の仕事をしていた横浜時代に、近所に住んでいた亡命ロシア人たちと交流のあった谷崎は、何よりもまず、故郷を離れ流浪の果てにたどり着いた日本の地で貧窮生活を送る亡命者たちの姿を通してロシア革命という出来事を認識したのだろう。

ずっと後の『細雪』にも登場させているほどだから、亡命ロシア人の存在は、谷崎にとってはかなり重要だったようだ。彼らを登場させるためには、『痴人の愛』はロシア革命以降の物語である必要があった。この時期の谷崎には二つの西欧文化が見えていた。活動写真のスクリーンに映るアメリカ映画の豪奢な資本主義社会と、社会主義革命によって故郷を喪った亡命者たちの貧しい暮らしだ。前者は経済活動の産物であり、後者は社会主義という思想の産物だ。谷崎にとっては、どちらが好ましかったのか。

谷崎が、浅野総一郎や渋沢栄一らによる京浜工業地帯・田園都市の開発などを視野に入れながら、映画に関してはその芸術性を高めようとしつつ、何よりも産業としての発展を目論んでいたことを考えると、答えは明らかだ。根が実業家気質な彼は、基本的に思想ではなくて経済の人だったのである。

これまで見てきたように、譲治とナオミが、各々の方法でもって階級闘争を行っていたことは明らかなので、谷崎は谷崎なりの方法で当時の社会を描こうとしていたのだと考えるべきだろう。耽美派・悪魔主義と呼ばれた谷崎潤一郎、実はなかなかに社会派だったのだ。前述の「東京をおもふ」を読み進むと、そこには谷崎の文明観と、震災に遭う前に彼が抱いていた東京という都市への思いが、割合にはっきりと書かれている。

✝

そして横濱に住んでゐたと云ふのは、大正活映のプロダクションに關係してゐたゝめでもあるが、實は東京と云ふ所が嫌ひになつてゐたからでもあつた。~中略~だが、いかに東京贔屓の人でも、あの時分、世界大戰當時から直後に及ぶ好景氣時代の帝都を、立派な「大都會」だと思つた者はないであらう。

✝

江戸っ子を自認する谷崎が、東京を嫌いになっていたとは穏やかではない。どうやら当時の帝都に対しては、かなりの不満を感じていたようである。その辺を考慮すると、震災後に関西へと逃れた谷崎がそのまま関西に住み続けた理由もなんとなくわかる。当時の阪神間は、明治七年の官営の鉄道の開通に続き、明治の後半に開通した阪神電気鉄道、箕面有馬電気軌道（現在の阪急電鉄）といった私鉄によって交通網の発達が進んでいた。二つの私鉄は、鉄道のみならず住宅地の開発を行い、それに伴ってインフラも充実しつつあったから、谷崎にとって阪神間は、東京よりも住みやすい場所だったのかもしれない。実際、関西定住後に書かれた「東京をおもふ」に記されている、谷崎が東京を嫌いになった理由というのが、主に震災以前の東京のインフラに関する不満なのである。

當時二重橋外の廣場は夜更けてから自動車の往來が頻繁なために道路の破損することが最も甚しく、乗客は凄じい動搖を感じたので、彼處は玄界灘だと云はれた。私は浅草橋から雷門へ行く間で、クションから激しく跳ね上げられ、箱の天井でいやと云ふ程鼻柱を打つた覺えが二度ばかりある。

†

この後、谷崎は、当時の東京の路面電車のラッシュアワー（大正九年にラッシュアワーがあったのだ！）の凄まじさや、電話やガスなどの使い勝手の悪さを取り上げて、さんざん文句を並べた上に、返す刀で映画俳優の尾上松之助の悪口にまで至る。

†

全く、あの松之助の寫眞を見ては、日本人の劇、日本人の顔が悉く醜悪なものに思はれ。あれを面白がつて見物する日本人の頭腦や趣味が疑はれて、日本人でありながら日本と云ふ國がイヤになつた。あの頃の私は、帝國館やオデオン座あたりへ行つて西洋映畫を見るより外に樂しみはなかつたものであるが、松之助の映畫と西洋のそれとの相違は、即ち日本と歐米との相違であるとしか思へなかつた。

†

『痴人の愛』の終盤で尾上松之助の名前が出てくることを覚えている読者なら、このくだりには思わず笑ってしまうだろう。『痴人の愛』から実に一〇年も経っているだけに、震災の思い出にかこつけて、西洋映画への憧れや、当時の日本映画への嫌悪感など、大正活映に参加した前後から『痴人の愛』を執筆する頃までの、裏話めいた感情が思わぬ形で吐露されている。そして谷崎は、震災の中で、震災によって破壊され尽くした東京が、一から生まれ変わったところを夢想するのだ。

†

私は広荘な大都市の景観を想像し、それに伴ふ風俗習慣の變革に思い及んで、種々な幻想を空に描いた。井然たる街路と、ピカ〳〵した新装の舗道と、自動車の洪水と、幾何學的な美觀を以て層々累々とそゝり立つブロックと、その間を縫ふ高架線、地下線、路面の電車と、一大不夜城の夜の賑はひと、巴里や紐育にあるやうな娯樂機關と。そして、その時こそは東京の市民は純歐米風の生活をするやうになり、男も女も、若い人たちは皆洋服を着るのである。

†

なんという西欧賛歌、そして資本主義賛歌だろう。まるでデミルの映画である。この人は、東京の都市開発による弊害、たとえば東京湾の埋め立てにより大森の海が汚れてゆくのも見た上で、それでもやはり、このような光景を夢見たのである。谷崎はやはり、デミルのような豪奢な映画を撮りたかったのではないか。映画作家としての谷崎の仕事は、大正活映の活動中止によって途絶え、それ以降は映画制作に直接的に関わることはなかったけれど、それまでの数年間、スランプ気味だった谷崎の、小説の方法論と映画の方法論が理想的な結びつきを果たして、『痴人の愛』という作品が生まれたのだと、僕は思う。何度読み返しても、惚れ惚れするほど面白いし、譲治もナオミも楽しそうに見える。そして、谷崎自身も、この小説を書きながら、楽しかったんじゃないのかな、と思ってしまうのだ。

エピローグ

横浜という土地が魅力的なのは、とにかく美味しいものが多いのと、町中に綺麗な公衆便所が多いことだ。これすなわち、他所者に優しい街なのである。祖国を喪った多くの亡命ロシア人を受け入れた横浜は、今もなお来訪者に対して開かれた街である。

特に中華街の辺りは歩いているだけで楽しい。みなとみらい線の元町・中華街駅についた時にはお昼を過ぎていたのが、いろいろと歩き回るつもりだったので、とりあえず露店で肉まんを買って食べながら移動する。午前中に谷崎たちが『アマチュア倶楽部』のロケ撮影を行い、『痴人の愛』でも重要な場面で使われた、鎌倉の由比ヶ浜海水浴場の辺りを歩いてきたのだが、晩秋の海水浴場は当然ながら寂しいところで、さして得るものもなく、景色は良いのだけれど風が冷たくて、遠くでサーフィンをしている人がいたけれども、彼らを眺めているだけでも寒くなってきた。地元の人であろうボランティアが数人いて、砂浜のゴミを拾っている。

フィルムが現存しない以上、残されたスチールから『アマチュア倶楽部』のロケ場所を特定するのは困難である。海岸の砂は常に移動し入れ替わっているから、僕が今日由比ヶ浜で踏んだ砂が、百年近くも前に谷崎や葉山三千子、岡田時彦、内田吐夢たちが踏んだ砂と同じものだとは思えないが、ともあれ彼らと同じ砂浜に立っているのだと思うと嬉しくなる。そこから、江ノ電に横須賀線、みなとみらい線と乗り継いで中華街に来た。駅から、海沿いの山下公園方面に向かって歩く。トーマス栗原に誘われた谷崎が、大活で撮影した映画のサンプルを幾つか魅せられたという事務所が、山下町三一番地にあった。そこは海岸通の一つ手前にある街路で、古い煉瓦造りのジャパン・ガゼット社の向側にある小さな建物であつた。

ジャパン・ガゼット新聞社は、明治から発行されていた英字新聞の会社である。山下町三一番地という地名は生きていた。谷崎の記述通り、海岸通の手前で、今はホテルニューグランドの大きな建物がある、その裏辺りだ。だいたいの場所はすぐにわかった。当然のことながら大活の面影は残ってないが、そこまで来ただけで、とりあえずは満足である。海がすぐ近くにあって、眺めの良い場所だ。Uターンして本牧の方へ向かう。大活の仕事を始めた翌年の大正一〇年、小田原から横浜に越してきた谷崎は、とりあえず本牧の宮原八三に居を構えた。すぐ隣に、今東光が夜中に忍び込んだというチャブ屋のキヨハウスがあったという場所だ。山下町とは違って、こちらは埋立などでかなり地形が変わっている。谷崎がいた頃の面影はまったくないはずだが、とりあえず、その場所を訪ねてみたかった。『本牧夜話』のように、その場所に住んでいたからこそ書かれた作品もある。海に近い広い道を、ずんずん歩くのは気持ちが良かった。あちこちにデカいビルがあり、海には大きな橋がかかっていて、谷崎がいた頃とはまったく違う景色だろう。それでも、海はすぐ側にあるし、海に背を向ければ山がある。関西の神戸もそうだけれど、海と山とが極端に近い。前もってネットで調べておいたのだが、やはり場所はよくわからない。歩いているうちに、海からも少し離れてしまった。これは埋立のせいだろう。かつては海だったはずの場所を、車がビュンビュン走っている。埋め立てもそうだけれど、道路の幅を変えたりすると、元の地形はすぐにわからなくなる。谷崎がハマの不良たちと遊んだ家と共にキヨハウスという悪所も、きれいさっぱりなくなってしまった。およそ百年近い時を経て、横浜は健康的な街になったのだ。近くにあったブックオフを覗く。谷崎の作品は『痴人の愛』が二冊と『春琴抄』が一冊あった。どちらも持っているので今日は買わない。一旦、元町・中華街駅の方に戻って、元町公園の方に向かう。ショートカットする道筋はあったのだけれど、この周辺は激しい坂が多いので、道に迷った場合に面倒だ。できるだけ大きな道を選んで歩いた。辿り着いた元町公園は、山肌を切り開いて作ったような高低のある公園だった。目指す、大正活映撮影所跡の記念碑は、公園を入ってすぐ右の、非常に狭く寂しい場所にあった。なんだか公園の隅っこに追いやられたような場所だと思いながら近寄ってみると、石碑と真横にある木のあいだに大きな蜘蛛の巣が張っている。なんとも切ない気持ちになったが、さらに近寄ると蜘蛛の巣の中央には、大きな女郎蜘蛛が鎮座ましましているではないか。谷崎の処女作と言われる『刺青』ゆかりの艶やかな生き物だ。これは、花なんかが添えてあるよりも、粋でよろしい。谷崎自身もこの景色を見たらにやりと笑みを浮かべるのではないか。蜘蛛の巣には、干からびた羽虫がぶら下がり風邪に揺れている。夢の跡、羽虫食むかや、秋女郎。なんてことを呟いたりして。公園の中をぐるりと回って、実際の撮影所があったという場所に向かう。公園に入って左側の坂を登ると外人墓地があり、撮影所はそのすぐ下にあったらしい。

公園そのものが丘、いや山なので、とにかく坂が激しい。息を切らしながら歩いてゆくと墓地が見えた。往時とは面影が変わっているのだろうけれど、とても映画の撮影所があったとは思えないくらい狭いスペースである。いくつかの資料を読むかぎり、さほど大きな撮影所ではなかったようではあるけれど、本当にこんな場所で映画が撮れたのだろうか。

なんとも言えない気持ちを抱えたまま、また険しい坂を登ったり降りたりした。横浜中華街なら、何度も訪ねたけれど、山手の方はよく知らないのだ。土地勘はないけれど、iPhoneのマップを見ながら、撮影所よりもさらに山の上へと向かう。谷崎は、本牧に引っ越した翌年、撮影所に近い山手二六七番Aに転居している。坂を登るうちに汗が噴き出してきた。こんなところに住んでいたとは、谷崎先生なかなかの健脚である。歩きながら考えていたのは、あの撮影所跡地のことだった。撮影所そのものの写真はろくに残っていないようだが、あの石碑と跡地を見る限り、どうもせせこましく思えてしょうがなかった。

僕は、かつて仕事で使った調布にある日活の、だだっ広くて天井が高いスタジオを思い出していた。撮影所というからには、やはり、あれくらいの敷地が必要ではないのか。息が切れて、坂の途中で立ち止まった。額の汗を拭う。ふと振り返ると、はるか眼下に、さっきまで歩いていた海辺の町が見える。

いい眺めだ。

ああ、そういうことか。

大正活映の第一作『アマチュア倶楽部』のことを、淀川長治はヌーヴェル・ヴァーグと呼んでいた。ヌーヴェル・ヴァーグとは何かというと、一般的には戦後のフランスでジャン＝リュック・ゴダールやフランソワ・トリュフォーが撮りはじめた、大きなセットに頼らず、軽量の16ミリカメラを持ちだして、町中のロケーションを使って撮影した映画のことだ。一般に、映画のカメラがある程度大きく重くなるのは、映画がトーキーになり俳優たちのセリフを同時録音するようになってからである。サイレント映画時代のカメラは、35ミリであっても割と小型で軽い。つまり、大正活映の映画は、ヌーヴェル・ヴァーグなスタイルで撮れたわけだ。実際、『アマチュア倶楽部』は鎌倉の海岸で撮っていたではないか。『肉塊』の中で描かれる映画製作が、自宅を改造したスタジオでの撮影だったので、谷崎たちもスタジオに篭っていた印象が強かったのだけれど、よくよく考えてみれば太陽光に勝る照明機材はないわけで、室内の場面以外はスタジオの外に出て撮ったに決っている。

ちょっと考えてみた。もしも自分が、大活の撮影所周辺で映画を撮るとしたら……。スタジオはあまり使わない。山に向かってカメラを置けば山の景色が撮れるし、山に背を向けてカメラを据えると、広い海原と港が撮影できる。山の中でなら時代劇が撮れるし、町中では現代劇が撮れるだろう。大した移動をせずに、山と海が撮れる場所というのは、映画的には非常に恵まれた立地なのだ。

谷崎は大活で、脚本を書いただけでなく、撮影の現場にも付き合い、『雛祭りの夜』では、人形の操演をし、一部を監督したという。一連の作品を読む限り、谷崎という人は非常に優れた眼の持ち主で、こういう人がたとえ一部とはいえ映画の監督をやるとどうなるか。目に映る景色を、片っ端からロケハンティングする視線で見つめたのではないか。僕自身どこに出かけても、ここにカメラを置いたらこんな画が撮れる、とか考えてしまう。映画の監督とかカメラマンというのは職業ではなくて、一種の業のようなもので、どこにいても、何を見ても、ここにカメラを置くとどういう画が撮れるか、という目で世界を見てしまう。

横浜に来て海の近くの本牧に住み、その後は山手に引っ越した谷崎が、その人並み外れて鋭い眼差しで横浜の海と山を見つめていたのだとしたら、周囲に広がる豊かな景色を舐めるように見つめていたであろうことは容易に想像できる。震災の後、関西に移動し、かつて見つめた震災前の景色を、それこそ浅草から大森、横浜と、様々な風景を脳内で再生しながら『痴人の愛』を書いたわけだ。

iPhoneを片手に、谷崎が住んでいたであろう土地を探して歩いた。坂を登って、少し下ると、それらしい場所が見える。

そこには、赤い三角屋根の、ハイカラな建物があった。およそ九〇数年、一世紀近くも前の話だから、目の前にあるのが谷崎が住んでいたのと同じ建物かどうかはわからない。

しかし、赤い屋根だ。それも三角の屋根だ。譲治とナオミが住んでいた「お伽噺の家」のモデルは神戸にあったのではないのか。でも、目の前には、古ぼけた赤い三角屋根の建物がある。なんというか、谷崎にからかわれているような気になって、笑ってしまった。

横浜元町。
谷崎が住んでいた住所には、
赤い三角屋根の建物がある。

参考文献

『東京の三十年』1917　田山花袋　博文館
『本郷菊富士ホテル　文壇資料』1974　近藤富枝　講談社
『浅草人情地図』1978　大森亮潮　ブックマン社
『人と超人／ピグマリオン（ベスト・オブ・ショー）』1993　バーナード ショー　倉橋健・喜志哲雄（訳）　白水社
『消えたモダン東京』2002　内田青蔵　河出書房新社
『谷崎潤一郎伝――堂々たる人生』2006　小谷野敦　中央公論新社
『東京湾埋立物語』1989　東亜建設工業（編）　東洋経済新報社
『映畫五十年史』1942　筈見恒夫　創元社
『芸術起業論』2006　村上隆　幻冬舎
『オルレアンのうわさ――女性誘拐のうわさとその神話作用』1997　エドガール モラン　杉山光信（翻訳）　みすず書房
『消えるヒッチハイカー――都市の想像力のアメリカ』1988　大月隆寛・重信幸彦・菅谷裕子（訳）　新宿書房
『映画と谷崎』1989　千葉伸夫　青蛙房
『資料谷崎潤一郎』1980　紅野敏郎・千葉俊二（編）　桜楓社
『詩文集　我が一九二三年』1923　佐藤春夫　新潮社
『この三つのもの』2007　佐藤春夫　講談社文芸文庫
『つれなかりせばなかなかに――妻をめぐる文豪と詩人の恋の葛藤』1997　瀬戸内寂聴　中央公論社

『鳩よ！』１９９２年５月号　マガジンハウス
『日本映画発達史Ⅰ／活動写真時代』１９８０　田中純一郎　中央公論社
『増補　豪華客船の文化史』２００８　野間恒　ＮＴＴ出版
『資料が語る大正の東京１００話』２００２　日本風俗史学会（編）　株式会社つくばね舎
『十二階崩壊』１９７８　今東光　中央公論社
『漫談レヴィウ』所収「時彦恋懺悔」　１９２９　徳川夢声・岡田時彦・古川緑波　小学館現代ユウモア全集
『春秋満保魯志草紙』１９２８　岡田時彦　前衛書房
『セッシュウ！　世界を魅了した日本人スター・早川雪洲』２０１２　中川織江　講談社
『トーマス栗原――日本映画の革命児』２００５　服部宏　秦野夢工房　小田原ライブラリー
『映画監督五十年』１９６８　内田吐夢　三一書房
『カツドウヤ紳士録』１９５１　山本嘉次郎　大日本雄弁会講談社
『日本映画史素稿〈８〉資料帰山教正とトーマス栗原の業跡』１９７３　フイルム・ライブラリー協議会
『夢を喰らう――キネマの怪人・古海卓二』２０１４　三山喬　筑摩書房
『幻の近代アイドル史　明治・大正・昭和の大衆芸能盛衰記』２０１４　笹山敬輔　彩流社
『値段史年表　明治・大正・昭和』１９８８　週刊朝日（編）
『阪神間モダニズム――六甲山麓に花開いた文化、明治末期―昭和15年の軌跡』１９９７「阪神間モダニズム」展実行委員会　淡交社
『関西モダニズム再考』２００８　竹村民郎・鈴木貞美（編）　思文閣出版
『モダンガール論――女の子には出世の道が二つある』２０００　斎藤美奈子　マガジンハウス
『断髪する女たち』１９９９　高橋康雄　教育出版株式会社
『20世紀アメリカ映画辞典』２００２　畑暉男　株式会社カタログハウス
谷崎潤一郎のテキストは、中央公論新社の全集と、各社の文庫になります。

著者略歴

樫原辰郎（かしはら・たつろう）

一九六四年大阪生まれ。大阪芸術大学文芸学科中退。在学中の一九八四年から一九八七年頃にかけて、大阪門真市の海洋堂ホビー館に関わり、組立、宣伝などに携わる。一九九八年に上京して脚本家をはじめ、グルメライター、映画監督、ゲーム、iOSアプリ制作などで幅広く活動。

著書に『海洋堂創世記』（白水社）。

『痴《ち》人《じん》の愛《あい》』を歩《ある》く

二〇一六年　三月　五日　印刷
二〇一六年　三月二〇日　発行

著　者……樫原辰郎
編　集……岸川真＋和久田頼男
装　丁……矢野のり子＋島津デザイン事務所
発行者……及川直志
発行所……株式会社 白水社
東京都千代田区神田小川町3の24
〒一〇一-〇〇五二
電　話……〇三-三二九一-七八一一（営業部）
〇三-三二九一-七八二一（編集部）
振　替……〇〇一九〇-五-三三二二八
URL……http://www.hakusuisha.co.jp
印刷……株式会社 理想社
製本……株式会社 誠製本

ISBN978-4-560-08494-6

海洋堂創世記

樫原辰郎

せまい路地の奥に足を踏み入れた〈僕〉は、館長や専務、ボーメさんら原型師たちとともに、めくるめく日々を過ごしてゆく——。大阪芸術大学出身の映画監督がディープに描く、「おたく」な青春グラフィティ。